진주

진주

장혜령
소설

문학동네

어머니와 아버지에게

차례

1장
딸은 공집합을 이해할 수 없었습니다 9

2장
우리가 아닌 삶 45

3장
혼자 행진하는 사람 57

4장
비밀은 당신이 영혼을 가진 존재라는 증거입니다 87

5장
당신 뒤에 딸도 받아쓰기를 했습니다 123

6장
지상의 꿈은 혼들의 거처입니다 155

7장
부서지는 나는, 있습니다 ······ 209

8장
기다림이라는 신앙 ······ 229

9장
파도는 묻습니다 ······ 253

10장
한 남자는 얼마나 많은 골목으로 이루어져 있습니까 ······ 259

에필로그
당신은 뒷모습이고 풍경은 흐릅니다 ······ 269

작가의 말 273
참고 문헌 295
도판 목록 297

1장

딸은 공집합을 이해할 수 없었습니다

두려움 많은 사람이 자전거를 타기 위해서는 먼저 하나의 운동장이 필요합니다. 그리고 무엇이 필요합니까. 누구에게도 넘어졌다 놀림받지 않을 수 있는 이른 아침 시간이 필요합니다. 사실 자전거는, 없는 편이 제일 좋습니다. 하지만 자전거를 배우는 일, 오늘 해야 할 일은 자전거를 배우는 일이므로 나는 마지못해 자전거를 끌고 집을 나섭니다.

자전거를 배우기 위해서는 또 무엇이 필요합니까. 주저하지 않고 앞으로 나아가는 마음이 필요합니다. 양손으로 핸들을 쥐고 한 발을 페달에 올려놓은 뒤, 다른 발을 재빨리 또다른 페달에 올리며 그것을 밟아나가야만 합니다. 넘어지지 않기 위해서 페달을 밟는 일을 멈추어서는 안 됩니다.

한 무리의 남자아이들이 운동장으로 축구를 하러 쏟아져나오던 그해 겨울, 당신은 딸인 내게 자전거 타는 법을 가르칩니다. 당신이 이제 막 교도소에서 출소한 그 겨울에. 당신은 딸과 친해지기를 바랍니다. 딸은 사춘기를 앞두고 있고 아버지를 만난다는 것은 자전거 타는 일만큼이나 어색한 일인데 말입니다.

장갑을 껴야 할 만큼 손이 시린 계절입니다. 당신은 이런 계절을 오래 보냈고 또 지켜보았습니다. 당신에겐 무엇보다 시간이 있었습니다. 하나의 방이 전부였던 당신의 집 냉장고 위 『세계철학사』와 『무기의 그늘』, 도스토옙스키 전집을 읽을 시간이, 당신에게는 있었습니다.

그 시기, 선교를 나온 가톨릭 수사에게 당신은 물은 적이 있습니다. 어떻게 사제가 될 수 있습니까.

시간이 필요합니다.

종교가 없었지만, 시간이 많았던 좁은 독방에서 당신은 종교를 이해하게 됩니다.

*

딸은 겁이 많습니다. 세상은 어둡고 무서운 곳인데 자전거 타는 작은 일부터 두려워한다면 살아갈 수 없다고 당신은 가르칩니다. 이제 중학교에 들어갈 텐데 공집합을 이해하지 못하면 안 된다. 아무 원소도 없는 것이 어떻게 집합이 될 수 있습니까. 합집합과 교집합, 여집합까지를 이해하고서도 딸은 공집합을 받아들이지 못합니다. 수학의 기원인 0을 이해하려 합니다. 8을 옆으로 눕힌 모양인 무한대를 이해하려 합니다. 억 다음에 조가 오고, 조 다음에는 경이 오고, 경 다음으로 해, 해 다음으로 자, 양, 구, 간, 정, 재, 극…… 무한대가 옵니다. 셀 수 없는 숫자는 헤아려 무엇합니까.

기원을 이해하려 노력합니다. 그러나 당신은 딸에게 결코 공집합을 이해시키지 못할 것입니다. 존재하되 보이지 않으며 결코 발음될 수 없는 것. 우리는 공집합이고 그것은 모든 것입니다. 딸은 울면서 수학 문제를 풀고 당신은 애써 화를 누그러뜨리며 다시 부드러운 목소리를 내 침착하게 말합니다. 다시 풀어보렴. 지금 알지 못한다면 영원히 배울 수 없단다.

당신은 무엇이 되려고 살았던 것이 아닙니다. 당신과 당신 친구들은 도리어 무엇이 되지 않기 위해 살았습니다. 당신은 당신의 독재자를 처단하기 위해 살았고, 독재자 뒤에 나타난 또다른 독재자를 처단하기 위해 살았으며, 그뒤로도 나타난 독재자의 친구들과 그 유령들을 처단하기 위해 지치지도 않고 싸웠습니다. 당신들은 독재자와 싸우지 않는다면 당신들 영혼이 독재자에게 점령당한다고 생각했습니다.

독재자. 독재자. 독재자들.

당신들은 독재자가 되지 않기 위해 싸우지 않는다면 언젠가 당신들 자신이 독재자가 될 수도 있다는 걸 알고 있었습니다. 누구의 내면에건 독재자는 숨어 있고, 그러니 독재자는 언제든 나타날 수 있고, 그 사실을 아는 당신들은 누구보다 독재자가 되지 않기 위해 노력해야만 했을 것입니다.

당신은 십대 시절 내내, 우선 당신의 아버지가 되지 않기 위해 노력합니다. 그것이 당신 말투에서 드러납니다. 당신은 아버지를 가졌었고 당신 아버지는 어쩔 수 없이 당신에게 배어 있습니다. 하지만 당신은 아버지를 버리기 위해 노력합니다. 당신의 아버지, 당신의 아버지는 이북에서 내려온 사람이었습니다. 어머니에게 돈을 주지 않았으며 그 돈으로 다른 여자를 만났던 당신의 아버지는 당신이 말을 듣지 않으면 매를 들었습니다. 당신 바지를 걷어 회초리로 종아리를 때리고 각목을 잡았습니다. 무엇이든 그의 손안에서는 무기가 되었습니다. 당신은 아버지를 노려보았습니다. 그는 두려웠을 것입니다. 그 눈빛이 두려워 두려움이 사라질 때까지 죽을힘을 다해 당신을 때렸을 것입니다. 두려움은, 누구나 간직한 마음속 두려움은, 자전거를 타지 못하게 하고 공집합을 이해하지 못하게 하고 누군가를 죽일 만큼 때리게 합니다.

당신 무릎 위에는 화상을 입은 듯한 움푹 팬 자국이 남아 있고 그것은 당신의 아버지가 당신을 옥상에서 밀었기 때문에 생긴 흔적이라는 것을, 딸은 어머니에게 전해듣고서야 알게 됩니다. 아버지가 옥상에서 아들을 밀었다. 그곳은 어느 정도 높이였을까.

당신이 부재한 당신의 셋집 마당에는 작은 창고와 그 창고로 올라가는 계단, 계단 위에는 옥상이, 옥상에는 장독이 있고 장독 뚜껑을 두드리거나 그 개수를 세는 일이 당신의 어린 딸이 했던 일입니다. 딸은 혼자 창고 옥상에 올라가 저 아래를 내려다봅니다. 이곳은 높지 않다. 떨어져도 죽지 않을 것이다. 딸은 다리를 모으고 아래로 뛰어내리는 상상을 합니다. 틈날 때마다 반복해 읽었던 위인전기, 그중에서도 수십 번 다시 읽었던 라이트 형제 이야기를 생각합니다.

그들은 날 수 있었다. 처음엔 세상이 조소했다. 그럼에도 꿋꿋이 비행기를 만들고 또 만들었다. 그렇게 무수한 실패 끝에 결국 하늘을 나는 꿈을 이루었다. 그러자 위대한 사람이 된다. 아버지는 어느 날 걷잡을 수 없는 두려움에 사로잡히고 아들을 높은 곳에서 떨어뜨린다.

아들에게, 그 아들에게 날개가 있었다면.

*

수학 문제를 풀 때마다 떠올리게 되는 것은 누군가의 무릎에 감춰진 상처입니다. 더이상 피는 흐르지 않습니다. 고통은 없습니다. 그러나 지워지지 않는 것은 있습니다. 한여름에도 목을 덮는 폴로셔츠나 긴 바지를 고집하는 사람들을 볼 때면 그들이 숨기고 있는 것을 생각합니다. 당신에겐 과거가 있습니까. 시간을 눈으로 볼 수 있다면 좋겠습니다. 일찍이 낯선 이의 옷을 벗기고 살갗을 만지고 싶어했던 것은 그 때문인지도 모르겠습니다. 누구라도 상관없습니다. 인간은 누구나 피와 살로 이뤄진 존재이니까요. 우리가 죽으면 피와 살은 사라지겠지요. 그러니 죽기 전에 많은 것들을 만져보고 싶습니다. 그래도 되겠습니까.

낯선 방의 비밀한 문이 열리고 수많은 스웨터와 셔츠들이 벗겨졌습니다. 어떤 살결은 부드러웠습니다. 어떤 살결은 그렇지 않았습니다. 거칠고 추한 것. 참을 수 없는 혐오가 일었습니다. 하지만 부정할 수 없는 감정으로. 수없이 많은 문을 걸어들어갔고 또다른 새로운 문을 열어젖혔습니다.

낯선 남자의 방에 누워 있을 때 부동산 중개인과 집을 보러 온 사람들을 마주한 적이 있습니다. 이불 속에서, 방을 둘러보는 모녀의 낮은 속삭임을 들은 적이 있습니다. 낯선 남자의 거실에 앉아 있을 때 그의 손이 입보다 많은 것을 말하는 모습을 본 적이 있습니다. 낯선 남자의 방문과 창문들을 보란듯 모두 열고 그의 담배를 피워본 적이 있습니다. 낯선 남자가 고향에서 즐겨 먹었다던 낯선 음식을 맛보며 그의 고향에 관해 생각해본 적이 있습니다. 바다에서 바다로, 또 섬에서 섬으로 이주했다던 그 사람 내력이 그리 낯설지만은 않았습니다.

낯선 남자의 차를 타고 낯선 남자의 오디오로 음악을 듣고 낯선 남자의 책장에 꽂힌 책을 읽다가 그의 침실에서 부재중인 그의 여인을 생각해본 적이 있습니다. 그가 자리를 비운 얼마간, 머리맡에 있는 서랍을 열어 낯선 여인에게서 온 편지를 몰래 읽은 적이 있습니다. 사랑하는 당신에게. 겨울은 우리의 시간을 떠올리게 합니다. 그것을 호주머니 속에 훔쳐온 적이 있습니다. 집으로 돌아와서는 소리내어 그것을 읽어본 적이 있습니다. 저는 멀리서도 언제나 당신을 생각합니다. 당신도 그렇겠지요.

낯선 남자의 거실에서 히로시마에 관한 영화를 본 적이 있습니다. 히로시마에서 온몸에 화상 입은 남자를 본 적이 있습니다. 입으로부터 입이, 코로부터 코가, 귀로부터 귀가, 얼굴로부터 얼굴이 구분되지 않는 사람. 돌이킬 수 없는 고통 속에서도 끝내 살아남은 사람. 되풀이되는 악몽 속에서도 기어이 살아가고야 마는 사람. 주어진 삶을 살아내기 위해 오직 그것을 잊으려 애쓰는 사람. 거듭 잊어야만 살아갈 수 있는 사람. 그럴수록 그것을 선명히 되새길 수밖에 없는 사람. 그에게 최종적으로 남는 것은 시간이라고 생각합니다. 그것은 없지 않습니다. 도처에 있습니다. 생생히 살아 있습니다. 나는 여기 있습니다. 우리에겐 시간이 있습니다. 그는 시간이 많은 사람입니다. 그는 공집합을 아는 사람입니다.

이해할 수 없는 수數의 세계에 당신이 있었습니다.

*

2003년 3월 20일

그날은 미국군이 이라크를 침공한 첫날이었다. 나의 정치학 선생은 아름다운 사람이었다. 비통한 얼굴로 그녀는, 백 명 가까운 학생들이 앉아 있던 강의실에 들어섰다.

일어나선 안 될 일이 일어났습니다. 밤새 잠을 이루지 못했습니다.

오늘, 어떤 사람들은 광장에 모여 있습니다. 그들은 80년, 광주 시내 거리에 있던 이들과 같은 사람들입니까. 79년, 시청 앞 광장에 있던 이들과 같은 사람들입니까. 60년, 마산과 대구의 거리에 있던 이들과 같은 사람들입니까. 45년, 서울의 거리거리로 뛰쳐나왔던 이들과는 같은 사람들입니까. 민중, 대중, 군중. 혼동해서는 안 됩니다. 이 세 개념의 의미는 완전히 다릅니다. 칠판에 판서하던 정치학 선생은 이따금 말을 멈추고는 영원히 봄을 기다리는 사람처럼 창밖을 바라보곤 했다.

선생은 그날, '70년대 유신 치하 박정희 대통령의 업적'에 대해 발표하던 학생의 말을 중단시킨다. 그러곤 강의를 중단한다. 날선 침묵. 침묵이 이어진다. 침묵이 길어진다. 그녀는 자기 안에서 말을 찾지 못하고, 결정적인 말이 다가오기를, 그 말이 나타나기를 기다린다. 관객처럼, 학생들은 그것을 보고 있다. 쉽게 이해하거나 짐작할 수 없는 감정을 억누르며 그녀는 천천히 입을 연다. 업적. 업적이란 단어는 무슨 뜻입니까. 거의 아무에게도 들리지 않는 목소리. 오직 자기 자신에게만 들리는 목소리가 울린다. 그것이 그녀를 대신해 말한다. 강의실에 다시 침묵이 흐른다. 누구도 대답하지 않는다. 선생은 언제나 질문할 뿐 우리에게 답해주지 않는다. 자기 자신을 향하는 선생의 질문에, 누구도 답하지 않는다. 물음이 물음으로만 남는 시간, 물음이 또다른 물음으로만 답하는 시간, 그렇게 쌓인 너무 많은 물음들이 온몸에 들어차 터질 듯한 공명의 시간들을 그녀는 오래 겪었다.

최초에 그 순간들은 홀로 앓는 열병 같은 짝사랑의 감각과 닮아 있었다. 책에 적힌 문장들은 그녀의 손끝에 다가왔고 혀끝으로 다가왔으며 그녀가 가본 적 없는 시간과 공간에서 비밀스럽게 오직 그녀에게만 말을 걸어왔다. 국경을 넘고 있는 자의 가슴팍에 숨겨진 비밀문서로, 달리는 열차 안에서 쓰여 끝내 누구에게도 닿지 못한 연서로, 영수증 뒤편에 긴급히 휘갈겨진 메모로, 죽은 자의 숨결에서 새어나오던 마지막 증언으로.

난방비를 아껴 책을 사느라 겨울이면 손끝에 입김을 불어넣으며 책장을 넘겨야 했던 그녀의 작은 단칸방에서 고독하게 그들은 말했다. 누구도 그것을 듣지 못하는 것 같았다. 들렸기 때문에 그녀는 대답해야 했다. 연필을 쥐고 작은 글씨로. 희미하더라도 그에 대한 응답을 적어나가야 했던 것뿐이다. 그들의 목소리가 들리기 시작한 대학교 3학년 어느 순간부터, 그녀는 더이상 그저 풍물패에 출입하며 선배들 동기들과 술 마시러 어울려 다니는 아이일 수가 없게 된다.

책 읽는 일을 멈출 수는 없었다. 서울의 대학원을 거쳐 미국에서, 다시 여러 도시에 있는 연구실로 거처를 옮기는 동안, 수십 년 전 사람과 현재의 사람, 수백 년 전의 사람이 동시에 말을 걸어왔다. 어떤 질문들은 달뜬 희열에 가득차 있었다. 어떤 질문들은 도저히 가닿을 수 없는 고독처럼 어두웠다. 자꾸만 불이 꺼졌다. 빛을 던지기 위해서는 다시 질문해야만 했다.

이라크전이란 명명은 국제정치의 패권이 미국에 있음을 보여주는 단적인 사례입니다. 선생은 말한다. 이라크전. 미국이 이라크를 침공할 만한 이유가 있기에 군대를 파견한다는 암시가 담긴, 미국의 무력 사용을 은밀하게 정당화하는 이름입니다. 오늘날, 미국은 스스로를 국제경찰이라고 생각하지요. 국제사회에서 정의와 안보를 바로잡는다는 그들의 명분은 누구를 위한 것입니까. 공권력과 폭력은 어떻게 구분됩니까. 국가에 의한 폭력은 어디까지 용인될 수 있습니까. 생각해보십시오. 사유는 인간과 동물을 구분 짓는 중요한 특징입니다. 미국이 이라크를 침공했습니다. 이라크전과 미국 침략전이란 단어를 혼동해서는 안 됩니다.

여러분, 사유하기를 멈추지 마십시오.

사유는 우리가 인간이기를, 오늘보다 나은 존재가 되기를 포기하지 않는 일입니다.

한나 아렌트. 나치의 박해를 피해 미국에 망명했던 유대계 정치철학자에게 끌릴 수밖에 없었던 것, 이 망명 철학자를 연구했던 한국의 여성 학자에게 내가 끌릴 수밖에 없었던 것은 지극히 당연한 일이었다. 그녀는 아렌트의 사상에서 발견할 수 있는 마르크스주의에 대한 논문을 썼고, 아직 아렌트도 마르크스도 이해할 길 없는 스무 살 학생들을 대상으로 지치지도 않고 강연하고 또 강연했다.

알 수 없는 것, 알 수 없다고 여겨지는 것, 그러나 이해할 수 없음에도 읽는 것, 끝까지 그 끈을 놓지 않는 것, 그로부터 바로 사유가 확장됩니다. 그리고 그것은 사랑의 속성이기도 합니다. 아렌트는 말년의 저작인 『인간의 조건』이란 책에서, 결국 기나긴 논증 끝에 다름 아닌 사랑에 관해 말하고 있습니다. 우리는 질문해볼 수 있습니다. 사랑이라니, 정치철학자로서 다소 무책임한 결론을 내고 있는 게 아니냐고요. 그러나 아렌트는 누구보다 전쟁을 알았고 무엇보다 수용소를 알았던 사람입니다. 그럼에도 어떻게 사랑만이 인간에게 남겨진 최후의 힘이라고 말할 수 있었을까요.

묻겠습니다.

2002년 6월 13일. 미군이 경기도 인근에서 장갑차를 운행하던 중, 지방도 옆 갓길을 지나던 여학생 두 명을 압사시킨 사건이 있었습니다. 당시 미군은 그 길이 너무 좁아 가시거리 확보가 어려웠으며 따라서 장갑차 운전병들이 여학생들의 존재를 알지 못해 안타까운 사고를 낸 것이라 주장했습니다. 그러나 현장 검증 결과는 달랐습니다. 미군의 주장대로 물론 길은 좁았으나, 운전자 가시거리 안에 죽은 학생들이 있었음에도 그들이 계속 운전했다는 사실이 드러난 것입니다. 이런 경우에도 미군은 한미상호방위조약의 SOFA 협정을 근거로, 한국 실정법에 따라 처벌받지 않고 대부분 본국으로 송환됩니다. 본국인 미국으로 간 군인들은 피해자가 부재한 법정에서 극히 낮은 형량을 언도받습니다. 때문에 제3국 민간인들을 향한 미군의 살인·강간 사건은 애초부터 없는 일이 되곤 합니다.

당시 한국 언론은 범죄 주체인 미군이 아닌 죽은 여학생들의 이름을 넣어, 이 사건을 '미선이 효순이 사건'이라 명명합니다. 그러자 많은 사람들이 거리로 나와 희생된 학생들 이름을 부르며 촛불을 들었지요. 이때 거리로 나온 사람들은 누구입니까.

다시 묻겠습니다.

1980년 5월 18일. 광주에서는 쿠데타로 정권을 잡은 대통령의 퇴진과 민주화를 요구하는 대규모 시위가 벌어졌고 신군부의 무력 진압으로 많은 이들이 목숨을 잃는 사건이 있었습니다. 국가와 언론은 당시 이 사건을 광주 폭동 또는 소요 사태로 명명했습니다. 실제 많은 사람들이 광주 시내에 나왔다는 이유만으로 총에 맞고 들것에 실려 어디론가 옮겨진 뒤 불태워졌습니다. 이때, 죽음을 목격한 더 많은 사람들은 거리로 나와 희생된 다른 이들을 위해 죽음을 무릅쓰고 항거합니다. 이 사람들은 누구입니까.

민중이 대중 혹은 군중과 구별된다면 그 이유는 무엇입니까.

한 이름이 드러내고 다른 이름이 은폐하는 것은 무엇입니까.

여전히 사랑이 세계를 바꿀 힘이라 말할 수 있을까요. 사랑은 용서나 관용, 무지 혹은 앎의 상태와는 어떻게 다르며 구별될 수 있습니까. 용서 없이도 사랑은 성립합니까. 그렇다면, 혹은 그렇지 않다면 사랑에는 무엇이 필요할까요.

미안합니다.

시간이 다 되었군요. 정말 미안합니다.

아름다운 계절이지요. 제가 말이 많았습니다. 오늘 강의는 이만 마치겠습니다.

*

왜 어느 날
오래된 극장들은 하나둘 폐쇄되고

지하의 카페와 바들은

간판을 바꾸며
인간은 스스로 어둠을 잃게 되는가.

결별의 날
왜 한 사람은 눈물 흘리고
왜 다른 한 사람은
먹먹한 마음을 안으로만 삼키게 되는가.

*

1979년 11월 3일

기억하는가.

그날 장례식에서, 상복 차림으로 눈물 흘리던 가난하고 늙은 여인들을.

그녀들 가슴팍의 검은 상장喪章은 계절을 잊은 나비가 바람결에 날아와 앉은 듯, 가볍게 떨리고 있었다. 누가 어디서 공수해 왔는지 모를 수없이 많은 국화꽃들. 그 흰 꽃 너머 독재자, 우리의 아버지는 자신이 입은 총상을 가족들에게 끝까지 숨기기 위해서였는지 말없이 관 속에 들어가서는 영원히 나오지 않았다. 흰 천과 태극기로 온몸을 깨끗하게 감싼 채.

당신의 비극적 죽음으로 역사는 다시 쓰인다. 오직 국가 발전을 위해 세 번에 걸쳐 헌법을 고치고 십칠 년간 대통령 자리에 머물며 밤낮으로 모든 흔적 모든 역사를 지워내야 했던 당신의 노력. 그 노력은 결코 헛되지 않을 것이다.

도시의 모든 아름다운 여인을 찾아 가두고, 그들이 당신 곁에서 오직 당신만을 위해 노래하도록. 그리하여 모든 낮 모든 밤을 당신 궁전에 감금하도록. 힘의 질서에 따라 각료들과 총수들을 한 줄로 세우고, 그중 누군가 당신 힘을 탈취해 자기 것으로 삼으려는 소망을 은밀히 내면에 키우도록. 그렇게 당신을 배반할 수밖에 없도록. 어느 날 그 손이 총을 쏘고, 총을 쏜 살해자가 즉시 처형되어 지하세계에서 영원히 침묵하도록. 우리는 흰 장갑을 낀 채 예비된 역사의 임무를 완수할 것이다. 미래를 살아갈 이들이 결코 뒤돌아보지 않고 오직 앞으로 나아갈 수 있게 말이다.

당신의 유해는 광화문에서 시청으로, 서울 도심 곳곳의 거리를 거쳐 최종적으로 국립묘지에 있는 영부인 묘역 옆에 안치된다. 거대하고 빛나는 대리석 무덤, 친지들과 가신들은 바닥에 관을 내리고 땅속에 눈물과 흙을 번갈아 흘려넣는다. 어머니에 이어 아버지까지 잃은 딸과 아들은 더없이 불행해 보이고 이들의 불행함, 불행함 때문에 보는 이로부터 동정이, 탄식이, 통곡이 일어난다. 모든 이들의 감각이, 사고체계가 신속히 마비되기 시작한다. 회한으로부터 슬픔이, 분노로부터 절망이, 독재자로부터 아버지가 구분되지 않는다. 아버지에게서 남편이, 남편에게서

아들이 구분되지 않는다.

독재자 타도를 외치다 막상 그 갑작스러운 죽음에 감격해 눈물 흘리는 사람들과, 자기 손으로 독재자를 끌어내리지 못했기에 이는 진정한 민중의 승리요 죽음이라 할 수 없다며 우는 사람들과, 우는 이들의 눈물로 인한 열기 속에서 눈물 흘리는 더 많은 사람들과, 돌이킬 수 없는 그 비극적 죽음으로 인해 아버지를 영원한 아버지로 받아들인 더 많은 사람들의 눈물이 구분되지 않는다.

아버지시여.

슬픔으로 가득한 이 통곡의 땅에, 당신 없이 홀로 남겨진 저희가 앞으로 살아갈 힘을 잃지 않게 해주시옵소서. 부디 그곳에서 저희를 언제나 굽어살피어 주시옵소서.

아들이여.

이 생의 지난했던 고통과 괴로움에서 벗어나 저만치 훨훨 날아가거라. 다음 세상에서는 부디 다른 생명으로 태어나 이 생에서 못다 한 자유와 행복을 오래오래 누리거라. 너와 나 그곳에서 만난다면 영원토록 영생을 누리리라.

수많은 군인들이 일제히 거수하며 한곳에서 다른 곳으로 관을 옮겨갈 때, 직업적인 의례의 표시와 진정한 존경의 손짓을 더는 구별할 수 없는 곳에서, 폭력과 저항, 폭동과 혁명을 구분할 수 없는 곳에서, 한 시대가 종언을 고한 뒤에도 새로운 시대를 떠올릴 수 없는 곳에서, 더없이 무겁고 느린 애도의 동작으로 엄숙히 죽음을 선고한다면, 정녕 모든 것은 끝나는 것인가.

*

한 시대가 서둘러 저물고 누구의 것인지 모를 새 시대가 도래했음을 알리던 선언문이 지하실에서 작성되고 또 지하실에서 등사되어 한 사람으로부터 다른 사람 손에 의해 옮겨지고 수송된 뒤 육교 위에서 흩날려질 때, 지상으로 떨어지던 종이를 주워 들고 읽던 사람들 틈에서,

아버지,
당신만은 보았습니까.

흩날려진
낱말들 사이로
더 높은 곳을 향해
흰 새가 날아오르던 것을.

민주시국선언

분단된 민족의 통일과 참다운 삶의 추구는 민족의 당면과제이며 민족사의 올바른 방향이다. 그러나, 아! 슬프다.

민중은 폭탈적 정제체제로 굶주리고 있으며 자유와 권리는 박탈당한채 오직 압제와 굴종만이 존재하는 이 땅. 박정희 독재정권은 면면히 흐르는 민족사의 전통을 왜곡시키고 결탁된 내외 독점자본의 마수로 우리의 국토를 황폐화시키고 있으며 조작된 냉전시대의 공포로 한민족의 정기를 질식시키려 하지 않는가!

우리는 이 가증스런 민족의 상황을 직시하고 모든 학우들과 동지들에게 투쟁을 촉구하며 다시 이 자리에 나섰다.

학원은 민족정기의 집합체이며, 민족사 발전의 전담이다. 그러나 오늘의 학원은 폭력정보조직의 상주지로 파체되어, 학원의 주인인 학생과 교수들을 위압의 분위기로 몰아 넣고 있다. 교육제도의 유신화는 학원을 소위 학도호국단이라는 병영질서로 조직하여 반민족적 박정권에 협력하는 굴종의 자세를 강요하고 있으며 기회주의적 어용교수는 이의 선봉이다.

우리는 이에 맞서 싸운 여러 학우들을 생생하게 기억하고 있으며, 더이상의 망설임과 회의는 비겁자의 도피처이며 때놓친 패배자의 변명임을 자각하고 있다. 학우들이여 박정권과 그의 주구를 몰아내어 자유로운 우리학원을 다시 찾는 전열에 굳게 뭉치자.

통일은 민족사 전개의 전제조건이며 당면목표이다. 그러나 파렴치하게도 박정권은 냉전시대의 공포로 이 땅의 독재를 정당화 시키고 있으며 통일을 빙자한 허상뿐인 통일주체국민회의로 장기집권의 기반을 닦아 놓았다. 이는 박정권이 4·19 민족,민주혁명의 파괴자로 등장했을 때부터 이미 태동한 것이었고, 경직화된 이 군사정권은 변화하는 국제적 주변상황에 능동적인 자세를 견지할 수 없음은 물론, 더이상 통일을 수행할 능력이 없음은 명백하다. 따라서 분단 그 자체가 존립요건이 되는 이 반민족적 박정권의 궤멸이야말로 바로 통일의 조건이 되며 새로운 역사의 장을 열 서곡이 되리라.

수출지상주의적 고도성장 정책은 관료 독점 매판자본을 형성하여 서민을 강제적으로 수탈하고 있으며, 빈부의 격차를 심화시켜 계층간의 괴리감을 조장시켰다. 구조적 인플레에 의한 부동산 투기, 엄청난 물가고는 서민대중의 생활을 피폐화시키고 부패관료와 결탁한 독점매판자본만 살찌웠다. 더구나 외국자본과 결탁된 매판적 독점자본은 이 땅의 노동자를 생존비 이하의 저임금으로 마멸시키고 생산의욕마저 추락시켰다. 또한 그들의 정당한 생존투쟁은 어용노조와 폭력정보조직에 의해 봉쇄당하고 있다. 이러한 출혈수출정책을 뒷받침하고 있는 저곡가정책은 그 자체가 매판적 독점자본의 과잉이윤추구의 산물이며 이는 국민의 과반수를 차지하는 농민의 피와 땀을 희생으로 하는 것이다.

이와같이 서민의 희생위에 소수 특권 매판자본의 지지기반을 갖고 있는 박정권은 모든 사회적 비리 부정부패와 표리관계를 이루고 있다. 구패관료와 결탁하여 겨우 10년 만에 우리 경제를 쥐어 잡은 현대재벌의 아파트 분양사건이라든지, 경북도교위 교사 자격증 부정발급사건, 성낙현 파렴치 사건등은 이러한 박정권의 말기적 속성을 여실히 증명하고 남음이 있다. 이를 호도하기 위한 소위 충효사상의 강조나 새마음갖기운동, 태산명동서일필격의 서정쇄신등은 국민을 우롱하는 막간극에 불과하다.

이러한 모든 비리를 지탱해 주는 원흉은 유신체제이다. 박정권은 민중적 지지기반을

113669

상실하자 내적으로는 정치조직의 정보화로 불법적 3선을 자행한 후 국가안보라는 허울로 이 땅의 모든 민주적 요소를 억압박탈하는 소위 유신체제로 그 마각을 드러냈다. 그리하여 일인 독재자 박정희는 껍질만의 국회를 장악하고 통일주체국민회의라는 위장집단에 의해 단독출마 99.9% 당선이라는 조작된 선거로 영구집권을 기도하고 있다.

한편 박정권은 일제 식민지 잔재의 청산이 민족사적 당위로 요청됨에도 불구하고 다시 일본의 속국으로 조국을 전락시킬 징후를 보이고 있으니 독도문제에 대한 미온적 태도와 일본에서 쫓겨난 공해산업의 유치, 그리고 이 땅의 여자들을 기생화시키는 매춘관광이 이를 증명한다.

이상과 같이 민족사의 발전을 저해하고 민중을 우롱하는 박정권은 그 정권유지에 급급하여 포악성을 드러냈으니, 전대미문의 잔혹한 긴급조치로 민족사의 위기를 깨닫고 그 광정을 위해 나섰던 지식인, 언론인, 종교인등 민주인사들을 탄압 구속했으며, 정의와 진리를 외치던 학우들도 75년이래 수백명이 구속또는 제명되었던 것이다.

그러나 불굴의 투쟁의지는 지난 6월 26일 광화문 범시민 궐기대회, 28일 광주에서의 교수 학생, 시민들의 궐기에서 확인되었고, 이는 박정권의 종말을 예고하는 것이었다. 궁지에 몰린 박정희 군사정권은 그당시 민주인사들을 연금 연행하였고, 현장에 모인 수많은 학생, 시민들을 무자비하게 폭력을 휘둘러 국민적 분노를 불으켰으며, 7월 8일과 8월 16일에 있은 전주에서의 캐톨릭, 기독교 교회의 가두시위를 또한 반악적으로 탄압, 종교계를 경악케 했다.

이제 또 다시 박정권은 눈감고 아웅식의 선거로 국민을 우롱하려 하고 있으며 정권안정을 도모하여 6년간 폭력 독재의 방망이를 휘두르려 하고 있다.

이에 우리는 민주국민의 긍지와 역사의 심판으로 박정권의 독재로부터 민족의 삶을 쟁취하기 위하여 투쟁할 것을 전 학우와 국민에게 촉구하며 우리의 결의사항과 행동강령을 다음과 같이 밝히는 바이다.

< 결의 사항 >

一. 박정희는 물러가라!
一. 10대 총선 거부하라!
一. 윤천주도 몰아내자!
一. 노동삼권 보장하라!
一. 농민권익 보장하라!
一. 유신체제 타도하자!
一. 긴급조치 해제하라!
一. 구속인사 석방하라!
一. 언론자유 보장하라!
一. 학원자유 쟁취하자!

<행동 강령>

一. 전국 대학은 10월 16일부터 10월 21일까지 동맹휴학에 들어간다.
一. 10월 19일 오후 6시 세종문화회관 앞에서 유신독재타도를 위한 범시민, 학생 궐기대회를 갖는다.
一. 김채윤, 백충현, 안청시등 어용교수의 수업을 거부한다.
一. 유인물 제작, 살포, 우승 낙서, 비판 가요 보급을 통해 반독재의식을 고취시킨다.

August 16, 1974

The President of the United States
The White House
Washington, D. C.

Mr. President:

We are greatly reassured by your recent address to the nation, in which you pledged "continuity in our dedication to the humane goals which throughout our history have been so much a part of our contribution to mankind."

Mr. President, as you are fully aware, people in South Korea are deprived of any political freedom or human dignity to the extent that a mere criticism of the emergency decrees of the president Park is liable to arrest, torture and severe penalties, including death. The extreme repression and wanton disregard for human rights are direct threats to the very foundation of the national existence of South Korea, for which thirty four thousand young American lives were sacrificed, and for which billions of U.S. dollars were spent.

If there is any hope in bringing justice to these suppressed people, and in restoring democracy in South Korea, it seems solely through the undeniable U.S. influence guided by the moral leadership and the humane goals which you, Mr. President, eloquently mentioned in your address.

Freedom for these people will serve the cause of freedom throughout the whole world. With the help of God, let American people once again be the messenger of democratic principles, and the guardian of liberty, justice, and human dignity for all people.

Respectfully,

(A petition circulated among the Koreans in the United States)

성 명 서

역사 속에 도도히 흐르는 민중의 의지는 기만이나 폭력에 의해 굴절되는것이 아니다. 민중적 분노의 표적이 되었던 한 독재자의 죽음이, 장례식의 격을 갖추었다고해서 미화될 수는 없는 것이며, 직접적인 하수인의 개인적 동기여하에 따라 왜곡될수 있는 것도 아니다. 박정희 대통령의 죽음은,반민주적이고 반민족적인 일인독재통치의 전면적 부정과 부패에 저항하여 지난 18년간 끊임없이 항쟁해온 민중들의 피땀어린 중간결산인 것이며, 다만 그것이 와이에치 근로자들의 투쟁에 이어 부산과 마산에서 일어난 민중봉기를 직접적인 동기로하여 권력 내부의 자기 갈등의 형태로 나타난 것일 뿐이다.

우리는 10.26 사태가,오늘의 사태에 직접 간접으로 개입하고있는 당사자들에게, 냉엄한 역사의 심판이었음을 깊이 인식시켰을 것으로 확신하면서 다음과 같이 우리의 입장을 밝힌다.

一. 일인독재체제를 전면적으로 해체할 것이며 정권의 평화적 교체가 가능하고 국민의 정치적 자유와 인권이 보장되는 민주적 헌정질서를 확립해야 한다.

一. 정치, 경제, 문화, 전반에 걸친 부정부패를 발본색원하고 박정권에 의하여 피해받은 사람들, 특히 근로자와 농민 그리고 서민대중의 생존권이 보장되도록 하여야한다.

一. 양심적 공무원과 국군은 민주주의를 열원하는 국민의 편에 서서 이러한 국민의 요구가 실현될수 있도록 해야하며 따라서 조속한 시일내에 계엄을 철회하고 정치활동의 자유를 보장해야 한다.

一. 박정권의 정권유지음모에 희생된 모든 정치범의 무조건 즉시 석방과 민주인사의 가내구금을 즉시 철회해야 한다.

11월 3일 50년전 이 땅의 청년학생들이 일본제국주의에 항거하여 맨몸으로 부딪쳐 나간 바로 그날이다. 이제 우리는 독재의 한시대를 땅속에 묻으면서, 11월3일을 참된 민주주의를 건설하기 위한 위대한 출발의 기점으로 확인하며 우리의 결의를 다진다.

1979. 11. 3.

민주주의와 민족통일을 위한 국민연합

공동의장: 윤 보선

김 대중

함 석헌

165528

*

어둠 속, 성호를 그으며
무릎을 꿇을 수밖에

손과 발을 묶어달라고 간청하는
꽃다발의
무력한 자세로
제각기 기도할 때

더 높은 곳에서
바라보는 시선이 있어

흰 새는
날아오르고 있었지요.
거대한 그물에 갇힌 형제들을
끌어가듯
한없이 느린 속도로.

세계가
조금 전진한 것 같았습니다.

*

2009년 5월 27일

국화의 빛은, 이 세계의 모든 흰색을 집어삼킨 듯 고요하고 순결하다. 국화가 있는 탁자와 그로 향하는 조문 행렬의 색채가 비정상적으로 담담하게 느껴진다면 그 까닭일 것이다.

야당 출신 대통령의 탄핵소추안이 가결되던 날, 그의 죽음이 언론에 알려지던 날, 그의 시신이 광화문에서 시청으로 운구되던 날, 무채색을 입은 인파는 거리로 쏟아져나왔다. 오늘 그들은 이 광장에 모여 있다.

광장에는 우리가 당신을 지켜주지 못했으며 당신 없는 세상을 앞으로 어떻게 살아가겠냐며 가슴 치며 우는 여자들이 있었다. 맥없이 거리에 주저앉아 손수건으로 눈물 훔치는 여자들이 있었다. 밤새 잠을 이루지 못해 충혈된 눈으로 온몸을 다해 우는 여자들이 있었다.

나는 그들 속에서, 독재자가 세상을 떠났을 때 통곡하던 그날 그 거리의 여인들이 있음을 알아보았다. 그중 한 여인은 자기 아버지가 세상을 떠난 듯 가로수를 부여잡은 채 통곡하고 있었는데, 온몸의 수분이 눈물로 다 빠져나간 듯 오그라들어 있던 그녀는 그날 혹시 죽었을까. 어쩌면 아직 살아 있을까. 살아도 살았다 할 수 있을까.

혁명이 일어난 것일까. 인내했던 민중들이 드디어 혁명을 일으키기로 한 것일까. 광장에서는 멀티비전을, 각자의 방으로 돌아와서는 인터넷 뉴스를 바라보아야 했던 시간.

늙은 남자. 정신을 잃을 만큼 취해야만 비로소 마음에 품은 말을 꺼낼 수 있던 그 남자는, 그날도 술에 취해 내게 전화를 걸어오고, 죽은 대통령 이야기를 꺼내며, 그가 소환조사를 받았을 때도, 의문의 죽음을 맞았을 때도 죽음에 동참할 수 없던, 차마 죽은 자의 마지막 장소에 방문할 시간도 용기도 없던 자신의 고통을 호소했다. 그는 택시를 타고 가다 내린 낯선 집 처마 아래서 비를 피하며 담배를 꺼내 물 때, 누구의 시선도 보이지 않는 곳에 이르러서야, 취한 혀로 자기 삶을 고백하며 가정을 저버릴 수 없는, 가정의 기대를 저버릴 수 없는 자신의 죄를 사해줄 것을 내게 간청한다. 동시에 잃어버린 자기 얼굴을 되찾기를 희망한다.

이렇게 고해성사가 이루어진다. 나의 창문 아래까지 찾아와 손길을 구걸하는 가엾은 늙은 아들은, 애타게 어머니를 찾으며 울고 있다. 그들에게는 사회적으로 눈물이 허락되지 않았기 때문이다. 그들은 슬픔을 몰랐고 영원히 그것을 알아서는 안 되었으며 가족, 학교, 군대, 회사, 국가로부터 차례로 그것을 표현할 능력을 박탈당하고 억압받았다. 슬픔으로 인한 눈물은 오직 여인의 것.

아내, 딸, 그리고 어머니.

어머니의.

어머니.

그들은 오직 취했을 때에야 조용히 눈물 흘리며 딸처럼 낯선 여인을 찾아 그녀 품에서 잠들 수 있었다. 그제야 어머니, 어머니라는 이름을 부를 수 있었다. 밤거리 곳곳 불 켜진 낡은 여관의 작고 어두운 방을 찾아 그곳에 몸을 누이고서야 그날을 잊고 다음날을 살아갈 수 있었다.

*

어머니.

깊이로 당신의 전부를 이해하고 싶었습니다.

넓이로도 이해하고 싶었지요.

그래서, 우리 사이에 죽음보다 긴 침묵이, 어둠이, 바다가 놓이고

그로부터 파도가 치고

새가 날아올랐지요.

그때, 바다는 죽음처럼 차가웠지요.

큰물에 휩쓸려 허우적거릴 때
당신만은 내 손을 잡아주길, 간절히 기도하며
마지막 숨이 꺼져가는 내 육신을
나는 바라보았습니다.

잠에서 깨면
나는 사랑하는 여인 품 안에 있고
그녀 두 눈에서
어린 잎 같은 나를 하염없이 들여다보던 당신
당신을 떠올립니다.

여덟 살 그해로부터
마흔아홉, 스물다섯, 열일곱으로
무수히 건너뛰는 제 얼굴을
당신, 당신만은 알아볼 수 있겠습니까.

손바닥을 열면, 거기
한 세계와 다른 세계의 경계 같은
강이 흐릅니다. 그러니 이 세계의 국경을, 자오선을 가로지를 때
나의 우묵한 자리를 당신, 당신만은
기억해주겠습니까.

어둠 속
살을 발라내듯
집요하게 나를 어루만지는 손길로부터
매일 밤 나는 당신에게로 돌아가고

어머니.
가슴이었다가 목덜미, 뺨
입술이었다가 무릎, 허벅지, 종아리인. 그 모든

당신을 원합니다.
당신을 죽이고 싶습니다. 당신을 사랑하고 싶습니다.

용서하십시오.
부디, 저의 눈물을 용서해주십시오.

*

꿈을 꾸었습니다.

어쩌면 당신을 떠올렸던 것 같은데, 당신은 내 아버지가 되어 있었고, 꿈속에서 아버지는 다른 여인을 만나고 있었는데, 그것이 내 아버지라 생각하니 그 모습은 참으로 끔찍했습니다. 나와 함께 밀회 장면을 목격한 어머니는, 생에서 감당할 수 없는 많은 일들이 몰려왔을 때와 마찬가지로, 더이상 놀라지도 않은 채 이마를 짚으며 갑자기 피곤하다 잠이 온다고 말했습니다.

한여름 폭우가 쏟아졌던 유년의 어느 날, 셋집 낡은 슬레이트 지붕이 바람에 쓰러진 나무를 감당하지 못해 무너져내렸을 때, 그 때문에 앞집으로 이사해야만 했을 때도, 모든 짐을 분류하고 끈으로 묶고 포장해 옮기는 일은 나의 몫이었습니다. 갑자기 퓨즈가 나가 전등이 켜지지 않을 때, 천장에서 비가 샐 때, 녹슨 대문이 제대로 닫히지 않을 때, 가스가 떨어졌을 때, 하수구가 막혔을 때, 부엌에서 쥐가 나왔을 때, 온갖 동네 남자들이 어머니를 남편 없는 여자라 여겨 술에 취해 우리 가게를 찾아올 때, 그 남자들의 여인들이 어머니를 남편 없는 여자라 수군거리면서도 질투에 가득차 손님인 척 찾아올 때도, 어머니는 잠이 왔습니다. 꿈과 잠은 그녀가 쉴 수 있는 유일한 거처였기 때문입니다. 꿈에서조차 아름다운 어머니는 자꾸만 잠이 왔습니다.

꿈속에서 아버지 곁에는 밀회중인 여인 말고도 다른 남자가 있었는데 처음 그 존재는 희미했습니다. 이상하게도 어느 순간, 그것은 당신 같아 보이기도 했습니다. 나는 뒤로 물러나 구토하기 시작했습니다.

아버지를 토해내던 순간, 나는 깨달았습니다.

깨달아야만 했습니다.

그 여인이 다름 아닌 나 자신임을.

*

1979년 그날, 독재자였던 우리의 아버지가 떠나던 마지막 길에 놓인 흰 꽃잎, 그 빛이 너무도 맑고 깨끗하여 절로 애도를 표할 수밖에 없었던 이상한 열기 속에서, 어머니로부터, 그들 역사로부터 슬픔을 교육받고 또 강요받았던 소녀들. 그것이 무엇을 의미하는지도 모르는 채 흰옷을 입어야만 했던 어린 여자아이, 여자, 여자들. 그들은 오직 끈끈하고 강인하며 견고한 믿음으로 주어진 삶을 통과할 수 있었기에, 지독한 인내의 시간이 초래한 징그러운 아름다움은 그날 이후 그들의 이마며 손등의 힘줄 위에 영원히 새겨졌다.

도처에 있다. 눈을 돌릴 틈도 없는 모든 곳에. 눈을 감아도 떠오르는 모든 곳에. 작은 소쿠리를 늘어놓은 시장 좌판에서, 교사들과 아이들을 품평하는 학부모회의 테이블에서, 음식을 담은 무거운 쟁반을 끝도 없이 날라 오는 식당에서, 카운터에 앉아 침을 묻혀가며 집요하게 지폐를 세는 손과, 지나는 남자들에게 다정히 팔짱을 끼며 심야업소 전단지를 나눠주는 손이 구분되지 않는다. 아파트 투기 정보를 교환하며 입을 가리고 웃는 여인의 손과, 신장개업한 고깃집 전화번호가 적힌 휴지를 나누어주는 여인의 손에서, 고단한 삶 속에서도 새벽 교회에 출석하여 당신을 위해 무릎 꿇던 한 어머니의 기도를 발견했다면, 당신은 믿을 수 있겠는가.

그것이 더없이 징그럽고도 아름다웠다면.
그래서 결코 피할 길 없었다면.

늙은 남자를 따라 오래된 호텔을 나설 때, 문 앞에서 마주친 청소하던 여인과 서로를 외면한 일을 기억한다. 나는 그녀가 누구인지를, 그녀는 내가 누구인지를 단번에 알아보았기 때문이다. 흰색 유니폼과 앞치마 뒤에서도 우리의 정체성은 절대 숨겨지지 않기 때문이다.

황망함 속에서, 한 남자의 아내가 나타난다. 꾸짖는 듯 질책하는 듯한, 동시에 자신이 받은 모욕을 감내하는 시선이 드러난다. 다음으로 그녀 눈 안에 결박된 영원한 어린 여자아이가 나타난다. 여자아이는 놀란 채 고개를 숙이고 뒤로 한 발 물러선다. 그러나 죄를 지은 두 손만은 도무지 감춰지지 않는다.

그리고, 마지막으로 어머니.
어머니가 나타난다.

숨길 수 없는 푸른색의 강인한 힘줄.

그 손으로, 당신의 늙은 딸들은 무릎을 꿇고 당신의 배설물과 냄새를 차례로 지워나갈 것이다. 아버지. 앞으로 나아가기 위해서 절대로 뒤를 돌아봐서는 안 된다. 저는 구겨진 흰색 시트를 돌아보았습니다. 피냄새가 표백된 순교를 보았습니다.

A Mother's Prayer

Translated from Korean

Lord, I am deeply grateful for you giving us your only son as our savior and for the privilege that I too as your daughter and can pray in your name.

This is the prayer of many mothers who share sorrow and pain for their sons who are captives in prison. I wish that this prayer would be pleasing to you, as King Solomon's was long ago, as that even the things that I do not mention would be granted by you.

Since our son was jailed, a spring and a summer have gone by. It is already fall. The cold wind blows and the moon festival is approaching. It is impossible to stop the tears and the deep sorrow in our hearts. Trying to overcome this, I have often climbed high mountains trying to reach you in prayer. I have called on you, crying out with a loud voice. I have knelt in prayer all night through, hanging on to you and begging you to hear my prayer.

Please do not wait any longer.

Have mercy on us.

Father, please look into the hearts of our sons. They did not dwell on their own safety and happiness, but truly loved their neighbors. Among them are boys who served you by teaching night classes for children in poor neighborhoods. Our sons have given witness of your teachings to shoeshine boys and newspaper carriers on the streets, and have comforted them. They sought to be friends and light for the orphan children who seemed lost and unhappy. They endeavored to be honest, despised wrong doing, and distinguished right from wrong. In doing so they were trying to help others experience your love by sharing their love with them as your children.

Even now, our boys are sharing the word of Christ with those in jail and share even a bowl of rice and I am grateful for your presence with them.

Father, have mercy on them.

51180

2장

우리가 아닌 삶

당신이 감옥에 갇힌 동안, 많은 계절이 지났고 다시 겨울이 왔다. 그동안 당신의 어떤 친구들은 일찍이 유학을 떠나 학계에 자리잡고, 어떤 친구들은 정당에 들어가 민주당이든 자유당이든 정계에 몸을 담고, 어떤 친구들은 편집자 경력을 살려 출판사를 차리고, 마음이 아파 경찰을 향해 최루탄을 던지지 못했던 가난한 친구들은 시골로 내려가 농사를 짓고 살게 된다. 이상하게도 함께 투쟁을 시작했을 때는 모두 같은 위치에 있는 것 같았지만 어느새 누군가에게는 졸업장이 있고 누군가에게는 회사나 건물이 있으며 누군가의 가슴에는 의원 배지가 달려 있다.

아무것도 가진 게 없다면 당신은 당신 자신을 위한 새로운 투쟁을 시작해야 한다. 그것이 더 고독한 싸움이 될 것이다. 이제

독재자도 없고, 아버지도 없는 자리에서 이제껏 그들이 아니기 위해 살아왔던 당신의 삶은 완전히 다른 것을 찾아내야 하기 때문이다.

개인적인 삶.

개인을 위한 삶이란, 자신의 입에 밥을 넣는 것뿐 아니라 다른 식구들 입에 밥을 떠넣는 것을 포함하는 개인적인 삶이란, 당신은 이제부터 그저 받아들일 수밖에 없으며 받아들여야 하겠지만 당신에게 더없이 낯설고 치욕스러운 일이었다. 우리는 혼자였던 적 없이 언제나 함께 투쟁했고 그래서 우리는 형제였고 겨레였고 민중이었으며 바로 그런 우리 자신이 우리 나라였기 때문이다. 당신은 이제 당신 동지들로부터, 벗들로부터, 민족으로부터 떨어져나와 자신을 위해 살아가야 한다. 우리였던 당신은 한겨울 옷을 빼앗긴 맨몸으로 차가운 거리에 내던져진 듯하다.

속력을 늦추시오.

당신은 이제 자기 자신에게 운전하는 법을 가르쳐야 한다. 자가용이 아니라 트럭을 몰아야 할지도 모르므로, 아니 그편이 당신에게 좀더 가능해 보이므로 당신은 1종 면허를 공부한다. 우회전하시오. 여기서부터는 다시 가속 주행하시오. 시험관은 당신에게 명령한다. 당신은 가속 페달과 브레이크 페달을, 후진과 회전, 기어 넣는 법을 식탁 의자에 앉아서도 연습하고 또 연습한다.

당신은 이제 전기 배선 기술을 배워야 합니다.

당신은 영어 시험 급수를 취득해야 합니다.

당신은 엑셀 함수값 계산법을 익혀야 합니다.

당신은 한글 프로그램으로 그래프 그리고 표 만드는 법을 알아야 합니다.

당신은 전산 자격증과 컴퓨터 프로그래밍 자격증도 따야 합니다.

또 무엇을 배워야 합니까.

대학을 졸업하지 못했으며 전과가 있는 당신 이력으로는 일반 회사에 갈 수 없다. 당신은 결국 친구가 주선한 회사를 다니고 그곳에서 운전 기술과 엑셀 따위를 사용하며 일한다. 그러나 사장이 된 친구의 부정, 하급 노동자에 대한 임금 체불, 부당 해고, 항목에 없던 예산 전용, 어디에나 있는 회사의 작은 부패를 참지 못한 당신은 친구에게 그 일을 묻고 따지다 친구 사이마저 잃은 뒤 일을 그만두기를 반복하고, 그때 당신이 갈 수 있는 곳은 일수 노동일을 하는 남자들이 모이는 현장이다. 그곳에서 당신은 몸은 고되지만 마음만은 어느 때보다 편하다 느낀다. 이른 새벽 드럼통의 군불 앞에 모여 손을 녹이면서야 그날그날 행선지가 정해지는 그곳에서 만난 김씨나 이씨, 박씨, 좋은 사람들을 따라 당신은 크고 작은 건물의 배선 일을 하게 된다. 그곳에서는 당신이 누구인지 무슨 일을 하던 사람인지 어디 출신인지가 더는 중요하지 않다. 그들 일용직 노동자들에게는 오직 두 다리와 손이 있을 뿐이며 그들은 그것을 신앙으로 살아가는 이들이기 때문이다.

당신은 가난한 집에서 태어났지만 몸을 쓰던 사람이 아니다. 그들이 손을 쓰는 것과 다른 의미에서 손을 쓰던 나이든 학생. 사십이 훌쩍 넘어 오십을 바라보는 그 학생의 손은 거칠어지고 때로 짐을 나르다 허리를 다쳐 누워 있어야 하는 일도 겪는다. 그러면 옛날의 동지 비슷한 친구가 다시 주선한 회사를 다니고 당신은 또 그것을 견디지 못하고 그런 반복이 십 년 가까워지고, 이제 그만 불의를 참아달라는 요구. 당신 아내는 불을 끈 어둠 속에서 눈물 흘리며 가만가만 말한다. 아이가 벌써 대학 진학을 앞두고 있고 기다리며 혼자 일하는 것은 이제 힘이 든다고.

기다림.

당신 역시 이해하고 있는 단어다.

동지라고 불렀던 친구들이 하나둘 떠나갔고, 그들은 어디로 갔을까. 동기들은 여전히 남아 이따금 연말 술자리에 서로를 초대하며 얼굴을 마주하기도 하는데.

그날의 동지는 다 어디로 갔을까.

아버지, 당신은 여기가 아닌 먼 곳에 있다.

야근 후 회사에서 저녁을 먹고 돌아올 때면, 당신은 당신을 감옥으로 보냈던 사람들과 그들의 아들딸이 축적한 자본으로 만들어진 방송을 시청한다. 당신은 몇 번의 수감과 출소 후 몇 차례에 걸친 선거에서 야당이 패배하고, 친구와 선배 후배들이 정계에 나온 뒤 그들의 얼굴 그들의 입술 그들의 눈빛 그들의 모든 것이 세월의 침적에 따라 다른 빛 다른 모양으로 변해가는 모습을 지켜보았다. 당신은 또한 독재자의 딸이 대통령이 되는 모습을 중계로 지켜보아야 했다.

텔레비전 속, 피 한 방울 섞이지 않았으나 누구보다 당신의 동지 당신의 형제였기에 당신이 그토록 떠날 수 없었던 노동자들 가운데, 자본가의 착취에 대항한다며 붉은 머리띠를 둘러맨 채 땅바닥에 앉아 결연한 눈빛으로 연사를 바라보는 남자들 가운데, 오른 주먹을 힘껏 쥐고 규칙적인 움직임으로 구호를 외치는 사람들 가운데 당신은 있었다.

이제는 세월이 지난 가사와 곡조로 여겨질지라도 70년대와 80년대 당시에는 무엇보다도 오늘의 투쟁과 미래의 혁명을 반영한다고 믿었던 노래 속에, 확성기로 연설을 하고 불법 전단을 나눠주던 남자들 속에, 간판도 없는 작은 사무실이나 지하실에서 경찰을 피해, 노동자들에게 배포할 인쇄물에 들어갈 글을 밤새 작성하고 회람하며 토론하던 더 적은 수의 수배자들 속에 당신은 있었다.

씻지 못한 채 밖에서 밤샘한 차림으로 슈퍼에서 파는 백원짜리 빵과 흰 우유를 아침 삼아 지하철에서 삼키던 남자, 정부가 금지한 불온서적을 신문지로 포장해 읽던 남자, 결혼한 동지의 집에서 밤새도록 회의를 하고 술을 마시고 가끔은 회의가 회합이 되기도 하던 날들, 가족도 아닌 동지의 부인을 형수라 부르며 물을 달라 술을 달라 부탁을 하면 부엌에선 술상을 보던 형수의 한숨, 술에 취하면 미안하다 죄송하다 형수 손을 붙잡은 채 제가 부족한 탓이다 정말 신세가 많다 한탄하고 꾸벅이며 이미 가족이 되어버린 형과 형수 집에서 잠들던 남자, 그들의 딸인 어린 여자아이에게 내가 너의 삼촌이라며 자신의 삶과 사랑과 독재와 민주주의에 대해 말하던 남자, 여자아이가 당신들의 투쟁가를 부를 수 있다고 말하면 예쁘다 아이스크림을 사주겠다며 무릎에 앉혀 불러보라던 남자, 그 아이 모습을 자기 혈육 보듯 자랑스레 바라보던 남자, 그들이 당신 후배였고 선배였으며 친구였다. 동지이자 형제였다. 당신 자신이었다.

이제는 길을 지나는 사람이 들고 있는 휴대용 전화기의 카메라 속에 그들이 있다. 흔들리는 손으로 아무렇게나 찍힌 그들의 모습 앞에서 당신은 자기 육신을 지우며 오직 시선으로만 거기 머물 수 있다.

티브이가 건강 채널로 바뀌고, 혈압에 좋은 이것은 무엇일까요, 하고 묻는 돌연한 성우의 목소리와 방청객의 웃음소리, 홈런을 치고 그라운드를 달리는 타자와 다가올 미래 백 세까지 책임져준다는 상조 회사 광고, 그러다 바둑 대국을 중개하는 늙은 기사 목소리에 채널을 멈추며 그제야 당신은 잠시 휴식한다.

한숨을 지으며 결국 독재자 딸이 대통령이 되었다고 말하던 아내와의 아침 밥상에서, 독재자라도 앞으로 잘하기만 하면 되지. 아내가 다시 입을 열면 묵묵히 쌀알을 입에 넣고 오래 씹어야 했던 그때 당신은, 이제야 마주앉은 당신을 향한 긴 기다림으로 육체가 쇠약해진 아내의 원인 모를 병을 고치기 위해 전국의 숨은 명의들을 찾아다녀야 했던 당신은, 머리맡에 붙여둔 인체 해부도와 경혈도를 번갈아 살피며 매일 아내 등에서 덩어리진 검은 피를 뽑아내야만 했던 당신은, 약솜에 적신 알코올 냄새와 피냄새, 향냄새가 죽음처럼 배어 있는 거실에 앉아 인터넷 강의를 들으며 묵묵히 한문을 공부하던 당신은 누구인가.

당신은 당신인가. 그럴 수 있는가.

*

그는 멀리 있다.

티브이 뉴스 속 카메라가 확대되고 한 남자가 다리 위에 서 있다. 찻소리로 사방이 먹먹한 가운데 누군가 먼 곳에서 소리지르는 듯 혹은 웅성거리는 듯, 수런대는 소리. 차들이 대기에 금을 그으며 전속력으로 달려가는 소리.

바람이었을지도 모른다. 일순간 타오르는 불도, 빛도, 무엇도 확인할 수 없을 만큼 그는 멀리 있다.

차가운 흰 빛을 보았는데, 그게 어떻게 불꽃이었을 수 있을까.

모두 죽음을 보았을 텐데 어떻게 저토록 침착할 수 있을까.

화면 아래쪽에 크고 두꺼운 글씨가 새겨진다.

〔속보〕 2013.12.31. 오후 5시경

서울역 "대통령 퇴진 요구" 40대 남 분신

*

출근길 철교에서 열차가 멈추는 것은 자주 있는 일이다. 한강 한복판에 정지한 열차에서, 이런 상태가 앞으로 오 분에서 십 분간 계속될 예정이나 최대한 신속히 문제를 처리할 테니 승객 여러분의 양해를 바란다는 안내 방송이 흘러나온다. 승객들에게서 한숨과 불만이 터져나온다. 그들은 곧바로 휴대전화를 꺼내 저마다 회사 동료나 지인들에게 전화를 건다. 서로가 서로의 불편한 친척인 것처럼 눈을 마주치지 않은 채, 이 시간을 다른 것으로 대체하기 위해 다시 휴대전화를 열어 게임을 하거나 뉴스를 본다. 뉴스에는 사고가 흔하다. 뉴스에는 자살이 흔하다. 이렇게 갑자기 멈춰선 열차에서 죽음을 감지하는 것 역시 흔한 일이다. 우리 시대에는 그런 죽음과 정지, 그런 소란이 흔해졌다.

혼란한 객차 안에서
당신이 지그시 감았던 눈을 뜨는 것은
그때다.
열차 문에 난 유리창을 통해, 가깝고도 먼 한강을 유심히 바라보는 것은.
검푸른 물에서 반짝임을 보는 것은.

아무도 예감하지 못한 그 순간이다.
반짝이는 점과 같은 것이, 한 마리 흰 새라는 사실을 알게 되는 것은.

하나의 점을 따라
수천의 흰 점들이 일제히 하늘을 향해 날아가고
어떤 힘에 의해선지 갑자기 열차가 움직이기 시작해
터널의 어둠 속에서
당신, 오직 당신만이 그 영상을 새겨보는 것은.

3장

혼자 행진하는 사람

2013년 12월 28일

새벽이다. 밤은 지났다. 아직 아침은 오지 않았다. 그는 하느님을 믿는다. 그의 어머니도 하느님을 믿는다. 어머니의 하느님은 대통령이다. 어머니는 하느님의 사진을 오려 세 식구가 앉으면 꽉 차는 작은 거실 한쪽에 붙여두었다.

그는 어머니와 형이 함께 거주하는 작은 임대아파트에 살고 있다. 그 건물의 작은 방 하나가 그의 것이다. 어머니는 이따금 새벽에 눈을 뜬다. 종종 늦도록 깨어 있는 작은아들의 방 문틈으로 빛이 새어나온다. 아들에게는 분명 여자가 없고 친구가 없는데 가끔 중얼거리는 듯 누군가에게 말 거는 듯한 소리가 들려오곤

한다. 다시 잠들기 전 어머니는 아들의 방문을 열어본다.

잠을 자야 하는데, 네가 잠을 자야 하는데.

아들은 책상 앞에 앉아 있다. 어머니 말에 뒤돌아보며 곧 잠을 잘 테니 더는 걱정하지 않아도 된다고 대답한다. 그는 불을 끄고 눕는다. 누워서 잠들지 못한다. 누워도 잠들지 못한다. 이불 속에서 한참을 뒤척이다 천장을 바라본다. 방안은 물속 같은 어둠이다. 이 어둠을 오래 들여다보면 어둠의 깊이를 알 수 있을까. 저 심연에서 수면 위로 떠오르는 무언가를 기어코 볼 수 있게 될까. 보이지 않는다, 지금은. 아무것도 보이지 않는다. 아직 충분히 어둡지 않은 건가. 어둠 속에서도 볼 수 있으려면 얼마나 더 어두워져야 하나. 얼마나 더 깊이 내려가야 하나.

어둡다. 너무 어둡다. 그는 중얼거린다. 무섭다. 너무 무섭다. 그는 신음하듯 다시 중얼거린다. 어둠을 견디려다 어둠에 길들여지는 게 무섭다. 불을 켜야 한다. 그는 몸을 일으킨다. 불을 켜기 위해 그는 쓰려 한다. 불을 켜기 위해 그는 기도한다. 불을 켜기 위해 그는 말을 건네고 또 건네려 한다.

어머니, 매일 멀어져가는 어머니를 향해. 형, 매일 멀어져가는 형을 향해. 거리의 사람들, 오래전 그때 그 거리에 두고 온 친구들, 아직도 거기 남아 손을 흔드는, 지금은 사라진 어떤 이들을 향해. 하느님, 처음 그것은 언어의 형태가 아닙니다. 웅얼거림. 중얼거림. 떠도는, 그의 내부에서 떠도는 말의 입자들. 부스러기. 기억. 흔적. 파편. 조각난 파편. 파편들. 진압 경찰이 휘두른 곤봉에 맞아 이마에 피 흘리던 남자들. 크레인 위로, 때로는 옥상, 첨탑, 전광판 위까지 올라가 시위하는 사람들, 살을 에는 겨울바람 속에서 동지들의 복직을 요구하며 단식하고 밤을 지새우는, 그에게서 먼 영상 속 어떤 사람들.

여기 보이지 않는다. 그러나 없지 않다. 생생히 살아 있다. 고통은 살아 움직인다. 피처럼 살아 흐르고 있다. 그것은 내 안에 있다.

당신은 어디에 있는가.

*

2013년 12월 29일

얼마나 더 가야 합니까.

서울을 향해 달려가던 차 안이었다. 그는 룸미러 앞에 매달린 십자가가 그의 질문에 대한 대답처럼 흔들리는 것을 보았다.

고속도로 휴게소에 잠시 차를 멈춰 세웠다. 운전이 몸에 익지 않아 피로함이 느껴졌다. 차에서 내릴 때 야간 고속버스 몇 대가 부근에 정차하는 것을 보았다. 승객 대부분은 잠을 청하는 중이었을 테지만, 몇몇은 쉬는 시간을 빌려 버스에서 내리고 있었다. 그 가운데 기지개를 켜며 걸어나오는 어린 군인들도 있었다.

그는 화장실에서 손을 씻고 잠시 거울에 비친 자신의 얼굴을 들여다보았다. 며칠째 잠을 제대로 이루지 못해서인지, 아니면 갑자기 늙어버린 것인지 거울 속 남자는 고민이 깊은 사람처럼 눈 아래가 어둡고 낯빛이 핼쑥했다. 그는 찬물에 씻은 두 손을 비비며 유리문을 밀었다. 쌀쌀한 새벽공기에 입김이 흘러나왔다. 화장실 출입구 왼편에 아까 보았던 군인 남자아이들이 담배를 피우고 있었다.

과실의 색이 검을수록 과즙이 달다.

한 군인 아이가 몸의 윤곽을 드러낸 원피스 차림의 젊은 여자를 두고 농담을 건넸다. 그러자 다른 군인 아이가 그 말을 꺼낸 친구 어깨를 치며 웃기 시작했다. 말을 뱉은 아이는 친구를 웃게 하고 자신도 함께 웃을 수 있다는 것이 즐거운 모양인지 농담을 계속 이어갔다.

얼마 전에 폭설 온 날 말야. 진짜 다 총으로 쏘고, 오줌으로 갈겨버리고 싶었다. 너무 큰 눈이었거든. 그걸 삽으로 치우기엔 하늘이 떨어진 것 같았거든.

킬킬거리며 군인 아이 하나가 붉은 사과를 쪼개고, 다른 하나가 그것을 보자 또 쉼없이 웃어댔다. 겨울이었다. 그들 손이 얼어 있는 것인지, 피로 얼룩진 것인지 분간할 수 없는 계절이었다. 그들은 어머니를 막 찢고 나온 듯 천진한 얼굴이었다.

남자아이들은 마치 식민지 시대 제국 군인처럼도 보였다. 얼굴 없는 낯선 여인의 두 다리가 도처에서 벌려지던 시대. 지금이 그 시대라 해도 이상할 것은 없지 않은가.

그들은 어렸다. 자신의 운명과 역사를 이해하기에는, 너무도.

*

어머니.

여름이면 어머니는 시장에서 수박을 한 통 사오시곤 했지요. 차가운 얼음이 담긴 들통에 물을 붓고는 수박을 재워두시던 어머니. 한여름 평상에 누워 어머니가 쟁반에 담아주실 시원한 붉은 과실의 맛을 상상하는 것만으로, 저희 형제들은 기쁨에 겨워 마른침을 삼켰습니다. 어머니, 어머니는 부엌에서 큰 칼을 하나 가져와 수박을 반으로 가르고 그 전부를 우리에게 내어주셨어요.

셋이나 되는 우리 형제들은 항상 누가 더 빨리 많이 먹지는 않을까 조바심을 냈습니다. 어머니는 자신의 어린 사내아이들이 먹는 것을 바라보며, 끝까지 드시지 않았지요. 한참 먹던 중에, 퍼뜩 어머니 생각이 나서 당신을 바라보았던 기억이 납니다. 그제야 한 조각을 조금 맛보시는 듯하던, 어머니.

숟가락으로 붉은 속을 파먹으며
우리는 나왔지요.

당신의 두 다리 사이, 오래되어
뿌리가 엉킨 나무로부터.

어머니.
나는 지금 작은 방에 앉아 있습니다.
이것이, 내게 허락된 유일한 시간.

우리는
저마다 작은 독방 하나를 얻기 위해
평생 개처럼 싸우고
그 속에서
마지막날을 헤아리며 천천히 늙어갑니까.

*

2013년 12월 30일

한 달 가까이 잠을 제대로 이루지 못했습니다.

서울에 도착하자, 그간의 졸음이 한꺼번에 들이닥치듯 밀려왔습니다. 도저히 운전을 계속할 수 없어 차를 잠시 길가에 멈췄습니다. 원래 계획대로라면 어서 서울역 쪽으로 가야 한다고, 마음 한구석에서 멈춰서는 안 된다 늦기 전에 서둘러야 한다 자신을 다그치는 목소리가 들려왔습니다. 그러나 몸은 물에 젖은 솜처럼 너무나 무겁고, 말을 듣지 않고, 어느새 다시 눈이 감겨왔습니다.

그로부터 얼마나 지났을까, 다급히 문 두드리는 소리에 잠이 깼습니다. 경찰이었습니다. 무슨 일인지 몰라 겁이 먼저 났습니다. 저 사람, 혹시 계획을 알고 있는 건가, 여기서 이렇게 잡혀 돌아갈 수는 없는 일인데, 수만 가지 생각이 한순간 머릿속을 스쳤습니다. 잠시 머뭇거리자 경찰이 이번엔 차 안을 들여다보며 문을 열라고 명령했습니다. 터질 듯한 마음을 가라앉히며 겨우겨우 창문을 내렸습니다. 다행히 그는 불법 주차를 단속중인 계도원이었습니다. 몇 차례나 고개 숙여 사과하고는 정신없이 차를 몰아 그곳을 빠져나왔습니다.

문득, 겁에 질린 나 자신의 모습에 겹쳐 보인 건 며칠 전 새벽, 가게에서 본 아르바이트생의 모습이었습니다. 그날은 내가 심야 교대 근무를 하는 날이었습니다. 가게에 들어섰을 땐 손님 한 사람이 거스름돈이 얼마 빈다고, 바닥에 동전을 던지며 어린 아르바이트생에게 화를 내던 중이었습니다. 그애는 어쩔 줄 몰라 하며 손님에게 죄송하다고 죄송하다고 연신 고개를 숙였습니다. 말리기 위해 다가갔을 때, 그는 내 어깨를 세게 밀치고 욕을 하며 가게를 나갔습니다. 흔들리는 종소리만이 문가에 잔영처럼 남아 있었습니다. 나는 그애와 함께 바닥에 떨어진 동전을 주웠습니다. 그애의 눈물이 뚝뚝 떨어지는 것이 보였습니다. 그건

네 잘못이 아니야. 나는 그렇게 말하지 않았습니다. 그렇게 말할 수 없었습니다. 그렇게 말할 수 없었다. 왜 그렇게 말할 수 없는가? 무조건 고개를 조아릴 줄밖에 모르는 아이에게, 동전 몇 개를 잘못 받았다고 물건을 바닥에 던지는 사람에게, 술 취해 유리 상자 속 인형을 뽑다가 잘 안 되면 가게에 들어와 애먼 사람을 향해 화풀이하는 사람들에게, 아무리 도우려 애써도 빚을 지고 또 지는 형에게, 독재자의 딸을 신으로 섬기며 매일 밤 그 신전에서 우리 형제의 미래를 기도하는 어머니에게.

말할 수 없는 먹먹함으로 가슴 한구석이 꽉 메어오는 듯했습니다. 이번에는 차로 서울 시내를 정처 없이 맴돌기 시작했습니다. 서울역 고가도로를, 알면서도 몇 번이나 지나쳤습니다. 이상하게도 도저히 차를 멈출 수가 없었습니다.

어린 시절, 살던 동네에는 주인 없는 개 한 마리가 있었습니다. 어느 날부터 마을에 나타나 점점 머무는 시간이 길어지더니 자연히 마을 사람들 모두가 밥을 주며 함께 키우게 된 떠돌이 개였습니다. 개는 예쁘거나 귀여운 상은 아니었는데, 그럼에도 어른들에게 사랑을 받았습니다. 그건 그 개가 가까운 이에게 배를 보이며 눕는 법을, 낯선 이에게 으르렁거리는 법을 알고 있었기 때문일 겁니다.

어느 해부터인가 용맹했던 그 개는 눈에 띄게 쇠약해졌습니다. 무슨 병 때문인지는 몰라도 뼈 마디마디가 살가죽 밖으로 드러나 보일 정도였으니까요. 그때부터였나, 개는 알 수 없는 행동을 하기 시작했습니다. 한나절 넘게 동네에서 사라지는가 하면, 어떤 날은 어느 집에서 광을 열었는데 그 속에서 개가 부리나케 튀어나오더라 하는 식이었죠. 어른들은 동물이 제 마지막 운명을 알고 미리 죽을 자리를 찾는 거라 했는데, 결국 그 말이 사실인지 확인할 길은 없었습니다. 자취를 감췄기 때문입니다. 그후 개의 사체는 어디서도 발견되지 않았습니다. 개는 동네에서 점점 긴 시간 자리를 비우다가는 처음 우리에게 오기 전처럼, 완전히 사라졌습니다.

불과 이틀 전, 정부의 철도 노조 탄압과 철도 민영화를 반대하는 총파업이 있었다는 시청 앞 서울광장은 스케이트 타는 연인들과 아이들로 가득했습니다. 객실 가득 불 켜진 플라자호텔 앞에는 거대한 성탄 트리가 선물처럼 반짝이고 있었고요. 잠시 차를 버리고, 많은 사람들이 행진했다던 그날 그 길을 따라 걸었습니다. 소속도 깃발도 없이, 모두 집으로 돌아가 텅 빈 그 길을, 뒤늦게 혼자 말입니다.

이 시각 여길 배회하는 사람들은 모두 조금은 행진하고 있는 것일까, 생각했습니다. 예수기도회 제자라는 늙은 남자들과 여자들이 붉은 옷 붉은 머리띠를 하고 소리 높여 주님을 부르는 모습을 보았습니다. 예수는 사랑입니다. 세상을 구원하소서. 사탄아 물러가라. 믿어야 천국 갑니다. 안 그러면 지옥 갑니다, 여러

분. 그들이 한목소리로 찬송가를 부르고 추위에 곱은 손으로 천국에 계신 예수님 앞으로 보낼 서명 받는 모습을 보았습니다.

이십사 시간 불이 꺼지지 않는 카페와 식당, 네온 간판들을 보았습니다. 배가 고팠습니다. 죽음을 생각하면서도 배가 고프다는 게 죄처럼 느껴졌지만 허기가 졌습니다. 추위를 잊으려 식당 한 곳에 들어가 국수를 시키고 허겁지겁 먹었습니다. 그때, 보았습니다. 취한 남자 하나가 국수가 불어터졌다며 나이든 여종업원들에게 욕을 해대고, 어머니 한 사람이 고개 숙여 사과하고 또 사과하는 모습을. 그가 국숫값도 치르지 않고 더럽다 재수 없다 바닥에 침을 뱉으며 가게를 나와 거리에서 담배를 태우다 큰 목소리로 어딘가 전화 거는 것을, 사방에서 취한 남자들이 비틀거리는 뒷모습으로 오줌을 누거나 소리쳐 노래 부르다 어깨동무를 한 채 다시 노래방으로 주점으로 향하는 것을 나는 보았습니다.

광화문 광장 지하에는 집 없는 남자들이 잠을 청하고 있었습니다. 사람 크기의 종이상자들이 일정한 간격을 두고 놓여 있었습니다. 그중 한 남자는 온몸에 비닐을 두르고, 쇠사슬로 자신을 묶고 있었습니다. 종종걸음으로 사람들이 그 곁을 지나쳐갔습니다. 어디선가 바람이 불어왔습니다. 추위 때문에 눈 주위와 뺨이 붉게 일어났습니다.

어떤 종이상자 앞을 지날 때였습니다. 믿을 수 없게도 상자 속에서 여자의 손 하나가 식물처럼 뻗어나왔습니다. 그 손이, 누군가의 목덜미를 단단히 자기 쪽으로 끌어당기는 것을 보았습니다.

이제껏 한 번도 본 적 없는 눈부신 흰빛이라고 생각했습니다. 사랑이라는 단어를 생각했습니다. 동이 터오는 새벽이었습니다. 어둠이 걷히며 하늘이 보랏빛으로, 그러다 붉은빛으로, 서서히 누군가의 대답처럼 나타나고 있었습니다.

1 그러므로 형제들아 내가 하느님의 모든 자비하심으로 너희
에게 권하노니 너희 몸을 하느님이 기뻐하시는 거룩한 산 제물
로 드리라 이는 너희가 드릴 영적 예배니라
2 너희는 이 세대를 본받지 말고 오직 마음을 새롭게 함으로
변화를 받아 하느님의 선하시고 기뻐하시고 온전하신 뜻이 무
엇인지 분별하도록 하라
12 소망 중에 즐거워하며 환난 중에 참으며 기도에 항상 힘쓰며
14 너희를 핍박하는 자를 축복하라 축복하고 저주하지 말라
19 내 사랑하는 자들아 너희가 친히 원수를 갚지 말고 진노하
심에 맡기라 기록되었으되 원수 갚는 것이 내게 있으니 내가
갚으리라고 주께서 말씀하시니라
20 네 원수가 주리거든 먹이고 목마르거든 마시게 하라 그리함
으로 네가 숯불을 그 머리에 쌓아놓으리라

*

글자들의 영혼을 본 적이 있느냐고 물었던가.
꼭 이런 밤이었지.
사랑하는 여인의 육체에서는
오직 페이지를 넘기는 소리.
바람, 숲, 그리고 닿지 못할 먼바다.

손가락으로 줄을 긋다
페이지 위에
살갗이 날카롭게 스쳤을 때

왜 자신을 가두는지 물으며
피는 쏟아졌지
쏟아져야 했다
모든 길목이 막혀 있었으니까.

용서하겠니, 백야의 거리
엎지르면 치우고 다시 엎질러도 닦아주는
죽음 같은 웨이트리스의 기다림을.
어루만져줄 수 있는 두 손과 입맞춤을 살 수 있는 곳, 그래도
입맞춤이 있다면

이해할 수 있겠니.
'체포'란 아름다운 단어라던 경사의 말. 손으로 눌러쓰는
나의 마지막 편지. 언젠가 너의 체온이 뜨거울 때
내 등에 업혀 숨을 거두었던
그날 이후

시위가 끝난 밤이면
이 세계에 유령처럼 되돌아와, 아직도 혼자 행진을 계속하고 있니.
붉은 글씨를 몸에 새긴
수도자들 속에서
수년째, 마주치는 저 절름발이 남자처럼.

그러니 용서하겠니.
외투를 열면
한 무리의 비둘기가 날아가고
불타는 얼굴로부터 꽃을 피워내는 마술, 어느 날 상자에서
내가 사라지는 마술을.

*

온몸에 쇠사슬을 묶었다.
스위치를 내려라.

이제 깊어진다. 밤이 된다.
똑바로 된다.

*

〔속보〕 2013.12.31. 오후 5시경
서울역 "대통령 퇴진 요구" 40대 남 분신

—먼저, 상황 말씀해주십시오.

고인은 2013년 12월 31일 오후 5시께 서울역 앞 고가도로에서 현정권의 사퇴를 기도하며 분신하였습니다. 분신 전, 112에 전화를 걸어 시위로 불이 날 것이니, 교통을 통제해달라는 부탁을 남긴 상태였습니다. 긴급히 경찰이 출동하였으나 안타깝게도 상황을 막지는 못했습니다. 또한 병원에 옮겨졌을 당시 고인은, 전신 삼도화상으로 회복은 불가능한 상태였습니다.

사고 당시 고인이 운행했던 차량은 지난 12월 26일 고인이 살던 지역에서 대여한 것이며, 유류품으로 휘발유통 하나, 쇠사슬 두 개,

밧줄, 벽돌 모양 톱밥, 그리고 일곱 통의 편지를 적은 수첩 등이 발견되었습니다. 쇠사슬은 고인이 분신 과정에서 혹시 몸을 움직여 다른 사람들에게 피해를 줄까 자신을 묶기 위해 사용된 것입니다.

경찰은 고인의 사망 직후, 고인의 부채와 어머님의 병환 등 복합적인 동기로 분신을 선택한 것으로 보았다고 최초 사고 원인을 발표하였으나 이는 전적으로 사실과 무관하다고 보여집니다. 고인이 영구임대아파트에 살았다고는 하나 고인 명의로 차량도 소유하고 있고, 편의점에서 관리일을 해오기도 했습니다. 실제로 경찰에서 분신 동기로 언급한 고인의 채무는 최근이 아닌 칠팔 년 전 발생한 것입니다. 이에 관해선 고인의 형 역시 빚은 두 사람이 벌면 갚을 수 있는 수준으로, 그것이 분신의 동기가 될 만큼 아주 큰 규모는 아니었다 말했습니다.

—발견된 수첩 내용 말씀해주시죠.

일단, 수첩에 적힌 편지의 내용 말씀드리겠습니다. 일곱 통의 편지 중 세 통은 각각 어머니, 형, 동생에게 쓰인 것입니다. 그리고 두 통은 고인이 개인적으로 신세를 진 분들에게 쓴 것입니다. 따라서 이것은 공개가 어렵습니다. 나머지 두 통은 국민들에게 쓴 것입니다.

—수첩에 있는 마지막 글을 유서라 단정하기는 어려운 것 아니냐는 논란에 대해서는 어떻게 생각하십니까. 그리고, 고인이 분신 전 보험에 가입했던 것 아닙니까.

여러분. 여러분께서 지금 자꾸 보험, 보험 얘기를 하시는데, 다시 한번 말씀드리겠습니다. 고인이 가입한 자동차 운전자 보험은 자동차 갖고 계신 분이라면 다 일반적으로 가입하는 그런 것입니다. 고인은 매달 이만칠천칠백칠십원을 납부했습니다. 다시 한번 금액 말씀드립니다. 이만칠천칠백칠십원입니다. 자꾸 보험 사기 운운하지 마세요.

여보세요. 군대 나오신, 대위까지 하셨던 대한민국의 평범한 시민분입니다. 어머니에게 누구보다 지극하고 효성이 깊었던 분입니다. 자꾸 이상한 사람 만들지 마시라니까요.

—고인의 정치단체 가입 등의 활동 전력은 전무하다고 하는데요. 그렇다면 어째서 생활고 비관 자살이 아닌지 다시 한번 고인의 분신 동기, 그 부분에 대해 더 자세히 말씀해주시겠습니까.

*

먼 옛날, 어느 왕국에 아름다운 공주가 있었습니다. 공주에게는 열한 명의 남자 형제가 있었는데, 이들은 모두 마녀의 저주에 걸려 백조로 변하고 맙니다. 공주는 백조로 변하는 저주를 모면한 대신 머나먼 숲속으로 유배당했습니다. 가시덤불에 찔리고 흙탕물에 젖은 더러운 손과 더러운 발. 살기 위해, 살아남기 위해, 공주는 자신이 어떤 사람인지 잊어야만 했습니다. 그러나 한 가지 잊을 수 없는 것이 있었습니다. 형제들. 흰 새가 되어 지친 날개를 쉬지 못한 채 낯선 세계를 영원히 떠돌아야만 하는 형제들을 생각하면 그녀는 눈물짓고 또 눈물지을 수밖에 없었습니다.

그러던 어느 날, 공주의 꿈에 요정이 나타나 다음과 같이 말합니다.

무덤가에 난 쐐기풀로 옷을 지어 백조들에게 입히면 그 오랜 저주가 풀려 그들은 사람이 될 것이고 공주님은 비로소 형제를 되찾게 될 것입니다.

요정은 덧붙여 당부합니다.

그러나 이 사실을 누구에게도 말해서는 안 됩니다. 당신이 말하는 순간, 마법은 영원히 풀리지 않게 되어 그들은 인간으로 돌아올 수 없을 것입니다.

공주는 그날부터 비밀을 간직한 채, 쐐기풀로 옷을 짓기 시작합니다. 우연히 공주를 발견한 이웃나라 왕이 그녀에게 반해 청혼을 하고 혼인이 이뤄지고 이웃나라의 성으로 옮겨가 살게 될 동안에도, 그녀는 멈추지 않고 바느질을 하였습니다. 사람들은 밤낮없이 쐐기풀로 옷을 지으면서도 옷 짓는 이유를 설명하지 않는 공주를 마녀로 몰아가기 시작합니다. 신하들의 탄원에 견디다 못한 왕은 어느 날 공주의 뒤를 밟습니다. 그녀가 무덤가에서 쐐기풀 뜯는 장면을 목격하고는, 결국 그녀를 마녀로 인정하고 감옥에 가둡니다. 그런데 공주는 감옥에 갇혀서도 쐐기풀로 옷 만드는 일을 멈추지 않습니다. 사람들의 손가락질 사람들의 말 사람들의 시선이 쉴새없이 그녀를 공격합니다. 저 마녀를 보라. 감옥에 갇혀서도 쐐기풀로 옷을 짓는 저 마녀를 보라.

왕은 눈물 흘리며 사랑하는 여인에게 마지막으로 묻습니다.

말해다오. 왜 쐐기풀을 뜯으러 한밤중에 은밀히 무덤가를 배회하느냐. 쐐기풀로 그리 많은 옷을 지어 무얼 하려 하느냐. 말하지 않는다면, 나 역시 다른 사람들이 그러듯 너를 마녀로 받아들여 죽일 수밖에 없다.

공주 역시 눈물 흘리며, 그러나 아무 말도 하지 못합니다. 처형의 날이 다가옵니다. 그사이 열 벌의 쐐기풀 옷이 완성됩니다. 사형장에서 죽음을 앞둔 순간까지도 그녀는 마지막 한 벌을 짓는 일을 멈추지 않습니다.

쐐기풀 옷을 들고 그녀가 사형대에 오릅니다. 그러자 이렇게 동생을 보낼 수는 없다는 듯 백조들이 일제히 그녀에게로 날아듭니다. 공주는 있는 힘을 다해 자신을 제지하는 사람들을 물리칩니다.

하늘에 있는 형제들을 향해 쐐기풀 옷을 던집니다.

*

2013년 12월 31일

차는 멈추고 공책을 열어 그는 쓴다. 떠오르는 언어를 받아 적어야 하기에 마음이 다급하다. 지금이 사라지고 있고, 지금이 아니면 사라질 것이므로 휘갈겨진 글씨로 그는 쓴다.

보이지 않으나 체감되는 공포와 결핍을
제가 가져가도록 허락해주십시오.

두려움을 불태우겠습니다.
안녕히 계십시오.

눈물은 밖으로 흐르지 않는다. 일찍이, 오래전부터, 그것은. 안으로 솟아 흐른다. 피는 멈추지 않는다. 마지막 기도를 읽어본다. 마지막 두 행에 줄을 긋는다. 그 아래 다시 적는다.

~~두려움을 불태우겠습니다.~~
~~안녕히 계십시오.~~

두려움은 제가 가져가겠습니다.
일어나십시오.

*

그날은 운동회 날이었습니다.

공중에는 작은 천조각에 새겨진 수백 수천 개의 나라들이 일제히 펄럭이고 있었습니다. 우리는 수업시간에 선생님이 가르쳐준 신랑각시춤을 추었습니다.

양볼에 연지곤지를 찍은 아이들. 도령 머리를 한 아이들. 누군가는 업어주거나 업히는 것을 스스럼없어하고 누군가는 그럴 때 얼굴을 붉히고 부끄러워하며, 또 누군가는 댕기머리를 잡아당겨서 싸우고 때리고 울지만 다른 종목이 시작되면 어느새 웃음으로 눈물을 몰아내는 아이들. 햇빛은 눈부시고 머리에 흰 띠와 푸른 띠를 두른 아이들. 우리는 청군과 백군으로 나누어 앉아 북을 두드리며 큰 소리로 응원을 하였습니다.

운동회의 마지막 종목은 이어달리기입니다. 각 반에서 가장 잘 달리는 남자아이와 여자아이들이 나와 짝수 반과 홀수 반으로 청백을 나눈 뒤 누가 빠른지를 겨룹니다. 이 종목은 한 사람만 잘 달린다고 해서 이길 수가 없습니다. 한 사람이 달리고 그에게서 바통을 이어받은 다음 사람이, 또 다음다음 사람이 앞사람을 이어 달립니다. 마지막 주자가 결승점의 흰 테이프를 끊는 것으로 승부는 갈립니다.

흰 분필 가루로 트랙을 그려놓은 운동장에서 나는 출발점에 섭니다. 등뒤로 쏟아지는 아이들의 함성. 어깨 위로, 여름날 시냇

가의 수면 위를 떠돌던 빛이 내려앉는 듯합니다. 나는 쪼그려앉아 운동화 끈을 고쳐 매며 송사리떼와 황금빛 작은 붕어를 떠올립니다. 소매와 바지를 걷고 물가에 들어설 때면 물고기들은 재빠르게 달아나곤 했지요. 가느다란 지느러미를 흔들며 그들은 어디로 향하는 길이었을까요.

제자리에. 준비. 탕.

나는 달리기 시작합니다. 교정 곳곳에는 키가 큰 사이프러스 나무가 있고, 나에게는 친한 나무가 있습니다. 눈부신 하늘이 있습니다. 동생 같아 안쓰러운 형과, 누이 같은 어머니가 있습니다. 나를 걱정시키지 않는 착한 동생이 있습니다.

칠판에 판서하는 선생님의 분필 소리를 듣다가, 이따금 바람이 불어와 창문 너머를 바라볼 때면, 나무와 나는 멀리서도 서로를 알아볼 수가 있었습니다. 나는 그에게 말을 걸고 연한 흙색의 몸을 바라보았습니다. 그러곤 그에게 이름을 붙여주었습니다. 속으로 발음해보았습니다. 그것은 나무와 나만 아는 비밀이 되었습니다.

나는 달립니다, 어머니.

어머니를 향해. 누군가의 팔에 안겨 최초의 울음을 터뜨리기 위해 세상에 나왔던 그때처럼. 언젠가, 나무가 내게 허락했던 무성한 잎사귀와 그늘을 향해. 그 속으로 기어코 다시 들어서기 위해 나는 달리고 있습니다.

사이프러스처럼, 초록의 불길처럼 곳곳에서 아이들의 함성이 솟아오릅니다. 그날, 나는 아주 작고 어렸지만 그것을 알아보았습니다.

저기, 지금은 사라진 운동장의 흰 트랙 위로, 한 사람이 넘어지면 모두가 안타까워하고, 다시 달리기 시작하면 모두가 두 손 모아 보내는 반짝이는 박수 속에서, 나는 넘어졌지만 깨진 무릎을 털고 일어나 달렸습니다.

우리가 함께 달리고 있었습니다.

*

지하철을 나와 영화관으로 향한다. 오늘은 평화에 관한 영화제가 열리는 날이다. 영화제가 열리는 이곳은 아파트 단지가 가득한 계획도시의 시내로, 그 중심에는 쇼핑센터와 인공호수, 공원이 위치하고 있다. 오늘 이곳에서는, 세계 여러 나라에서 온 평화에 관한 영화가 상영될 것이다.

평화에 관한 영화제는 쇼핑몰 삼층에 있는 대형 멀티플렉스 극장에서 열린다. 당신이 극장에 가기 위해서는 옷과 커피, 향수, 신발을 파는 상점들이 있는 거리를 통과해야만 한다. 초행이라면 주의를 기울여야 한다. 이곳에 처음 발을 들이는 사람에게 모든 거리는 엇비슷해 보일 수 있기 때문이다. 카페를 지나 옷집을 지나 신발 가게를 지나 다시 옷집, 옷집을 돌아 카페를 지나 미장원을 지나 인형뽑기 가게를 지나 향수 가게를 지나, 다시 신발 가게가 나오는 이 거리에서 당신은 주의깊게 길을 찾아내야만 한다. 전화기를 개통하면 선풍기나 라면 박스를 선물로 준다는 목소리, 반액 할인 기회를 절대 놓치지 말라며 어린 여자아이가 건네는 장바구니를 지나, 최신 유행중인 음악을 통과해 서둘러 걸어가시오. 평화에 관한 영화를 보기 위해서는 평화에 관한 영화를 상영하는 영화관을 찾아야만 한다. 절대 길을 잃지 마시오. 당신은 미로 끝에서 이제 막 상영을 시작한 영화표를 겨우 끊는다. 영화관 입구로 들어서 한숨을 돌린다.

붉은 커튼 너머, 오후의 빛 속에서 한 여인이 말하고 있다.

오전에 그는 사라졌죠.

다음날 걸려온 전화를 듣고, 그가 떠났다는 것을 알았어요.

전날 밤 식탁에서 그는 말했어요.

우리는 하느님이 주신 양식을 먹으며 행복한데, 저멀리 베트남에서는

그렇지 않다는 게 나를 고통스럽게 해.

그는 그런 사람이었어요.

설령 분신할 것을 내가 알아 말렸다 해도, 그는 그렇게 했을

거예요.

아이들에게는 설명하기 어려웠지만
그래도 잘 이해해주었다고 생각해요.

1960년대 미국에서는 한 남자의 분신을 기점으로 베트남전을 대대적으로 반대하는 평화 시위가 이어졌다. 미국인 여자는 죽은 남편에 관해, 퀘이커교도였던 남편과의 마지막 식사에 관해 말한다. 여인은 어머니다. 미국에 있다. 실내의 식탁에 아이들과 함께 앉아 있다.

우리는 미국인들을 나쁜 사람이라고 생각했죠. 하지만……
그분의 죽음으로 인해,
모든 미국인이 우리의 적은 아님을 알게 되었습니다.

만난 적 없는 어느 미국인의 죽음에 관해 베트남 여인이 말한다. 여인은 어머니다. 프랑스에 있다. 수박이 놓인 정원의 식탁에 아이와 함께 앉아 있다.

평화로운 오후의 테이블 위에
세계의 붉은 살이 펼쳐져 있었다.

*

2014년 1월 3일

애도합니다.
명복을 빕니다.
열사여, 당신의 뜻을 기리겠습니다.

곳곳에 검은 상장을 매달아놓은 거대한 화환들이 늘어서 있었다.

소리 높인 말, 흐느낌들, 여기저기서 터지는 플래시 불빛, 일회용 접시에 먹을 것을 나르는 낯선 사람들, 그들의 부산한 걸음걸이와 몸짓 속에서 그는 자신의 장례식이 열리는 장례식장에 들어가지 못한 채 도망치듯 밖으로 빠져나왔다. 어머니가 보이지 않았기 때문이다. 그는 무엇보다 어머니가 걱정되었다.

중앙 로비로 나오니 유리창 너머 검은 옷차림의 남자들이 담배 피우는 모습이 보였다. 현금인출기에서 돈을 출금하고 구석에서 지폐를 세는 사람. 부조라고 적힌 흰 봉투에 펜으로 이름을 적는 사람. 얼마나 했어? 조용히 다가가 어깨 너머로 묻는 또다른 사람과, 맞은편에서 핏기가 지워진 얼굴로 누군가의 부축을 받으며 힘겹게 걸어오는 한 노인을 보며 그는 노인이 혹시 자신이 아는 얼굴인지를 한참 동안 기억해내려 애썼다. 살면서 만난

적 있는 사람일까. 먼 친척인 건 아닐까. 아니, 그는 그저 같은 건물에서 치르는 다른 장례식에 온 사람일지도 몰랐다.

흰옷을 입고, 머리카락 한 올 빠지지 않도록 실핀으로 단단히 고정한 올림머리에 흰 수건을 쓴 직원 둘이 음식 실린 카트를 끌며 그의 앞을 지나갔다. 그들이 지나간 자리에서 희미한 소독약 냄새와 고깃국 냄새가 났다. 입구의 자동문이 열리고 검은 양복을 입은 남자 하나가 커다란 화환을 안은 채 급하게 두리번거리고 있었다. 남자가 순간 무언가 알아챈 듯 고개를 치켜들며 이쪽으로 다가올 때, 그는 누군가 자기를 알아보았다는 반가움에 저도 모르게 눈인사를 보냈다. 그러나 막상 남자가 자신이 서 있는 쪽으로 성큼성큼 다가오자 그는 자기 안에 새겨진 죽음을 떠올릴 수 있었다. 남자는 벽면에 붙어 있던 전광판에서 찾는 사람 이름과 방 번호만을 확인하고는 곧장 엘리베이터에 올랐다.

그도 여기 온 다른 방문자들처럼 전광판을 쳐다보았다. 그 속에 죽은 사람 이름과 가족들 이름이 명멸하고 있었다. 그는 거기 적힌 자기 이름을 보았다. 그리고 그 옆에 차례로 적힌 형과 동생, 그리고 어머니의 이름을 보았다. 어느 순간, 흰색 이름자들은 스르륵 사라지더니 다른 이름으로 바뀌었다.

그는 비명소리를 들은 것 같아 주위를 돌아보았다.

그는 서둘러 집으로 돌아가기로 마음먹었다. 한참을 서성인 끝에도 그곳에서 어머니를 찾지 못했기 때문이었다. 어머니는 이 일을 도저히 견디지 못하셨을지도 모른다. 끝내 받아들이지 못하실지도 모른다. 그러니 어머니에게 가야 한다. 그러나 돌아간다 해서 이제 더 할 수 있는 일이 있긴 할까.

그가 돌아갔을 때, 집은 텅 비어 있었다.

마치 그가 아닌 가족들이 집을 떠난 것처럼.

삶을 마치고 오는 길인데도 그는 편의점 철야 근무를 마치고 돌아올 때와 같은 피로감을 느꼈다. 하지만 정신은 여느 때보다 또렷하게 어딘가를 향하고 있어 잠이 오지는 않았다. 그는 이제 알 수 있었다. 사람이 혼이 되면 더는 잠들 수 없고, 또 더는 잠들지 않아도 된다는 것을.

어머니가 오실 때까지만, 그때까지만 더 기다려야겠다고 생각했다.

다음 일은 알 수 없었다.

방에는 아직 그가 쓰던 테이블이 남아 있었다.

매일 밤 어머니 몰래 앉아 있곤 하던 좌식 책상에, 불을 켜지 않아도 창문 너머 먼 곳의 불빛이 누군가의 혼처럼 어슴푸레 와 닿았다. 어두운데도 보이고, 불기 없는 방에서도 이젠 춥지 않구나. 그는 생각했다. 그러면서 앞으로는 이미 알고 있는 것들을 하나씩 다시 생각하며 새로 알아가야만 하는 것이로구나. 또 생각했다.

그는 노트를 펼쳤다.

테이블은
세계의 끝을 향해 뻗어 있었다.
먼바다처럼 막막하고
고요했다.

4장

비밀은 당신이 영혼을 가진 존재라는 증거입니다

사회운동 전력자들에게 여권이 주어진 것은 불과 이십여 년 남짓한 일이다. 국가는 당신의 학생운동 노동운동 전력을 문제 삼아 비밀히 모든 여행을 검열했고 회사를 다닐 수 있되 해외로는 출장을 갈 수 없는 사람으로 만들었다.

떠날 수 없다는 것을 뺀 모든 자유.

그것이 당신에게 주어진 것이었다. 당신이 다니던 학교를 다녔던 어떤 사람들은 프랑스나 독일, 유럽의 어느 나라로 망명 아닌 망명을 떠나 영원히 돌아오지 못했다. 그들은 대개 해외 특파원이나 파견 근무, 출장을 떠났다가 입국을 금지당했다.

대한민국 정부는 민주주의국가이므로 국가에 반하는 시위나 모임에 가담하는 사람은 민주주의에 반하는 사람이기 때문이다. 국가에 타협하지 않은 자는 사회주의자가 된다. 극렬한 공산주의자가 된다. 좌익이 된다. 용공이 된다. 불순분자, 빨갱이, 시국사범, 공안사범, 폭도, 간첩, 극악무도한 범죄자.

학생들이여.

아직 세상을 모르는 어리석은 청년들이여.

우리에겐 너희를 체포할 권리가 있다. 무기를 버리고 적극 투항하라. 동조자들의 이름을 발설하라. 민주주의를 위해 국가를 따르라. 우리가 바로 민주주의다.

하루, 이틀, 사흘, 나흘, 일 년이 지나면 돌아갈 수 있으리라고 생각했다. 다시 찾아온 일 년을 하루로 나누어 매일을 세고 또 다른 일 년을 헤아리는 동안, 그들은 돌아오고 싶지 않았던 것이 아니라 돌아올 수 없었다.

왜냐하면, 여권은 말소되었고 망명자가 된 그들이 발급받은 체류증이나 여행 허가증에는 '한국을 제외한 모든 나라를 갈 수 있음'이 명시되어 있었기 때문이다. 사회주의자는 국민이 아니기 때문이다. 공산주의자는 국민이 아니기 때문이다. 대한민국은 그런 국민이 필요 없기 때문이다. 반대로 아버지, 당신에게는 여권이 없었고, 당신의 주민등록증에는 본적과 지문을 담은 사항 외에 특기 사항은 아무것도 적혀 있지 않았다.

당신은 떠나지 않았다. 떠날 수 없었다. 당신의 나라. 한국. 대한민국. 당신은 여기 머물렀고, 여기 당신이 태어난 나라에서 당신의 조국을 찾고자 했다. 당신과 당신의 많은 동지들이 그러했듯이.

프랑스의 철학자 조르주 디디-위베르만은 오늘날 이 세계에서 반딧불이 사라진 것이 아니라, 단지 우리 시야가 반딧불을 찾아낼 만큼 충분히 어둡지 못한 것뿐이라고 말한다.

그러니, 걷기를 멈추지 않는다면
찾아낼 수 있을 것입니다.
이제라도 망설임 없이 걸어가십시오.
더 깊고 어두운 곳을 향해.

멈추지 마십시오.

검사, 출입국 심사관, 비밀경찰, 노조를 탄압하던 당신의 상급 관리들이 차례로 당신을 쫓습니다. 그들 중 누구도 당신을 찾아낼 수 없도록 달아나십시오.

서두르십시오.

붙잡히기 전에.

더 늦기 전에.

*

걷는다. 당신은 걷는다. 경찰에 발각되었을 때의 수칙을 끊임없이 반복해 암기하고 또 암기하며 꿈에서라도 당신은 걷는다. 1993년, 수원 시내 어디쯤의 뒷골목을 당신은 걷고 있다.

언젠가부터 당신 뒤에 미행이 붙는다는 것은 자연스러운 일이다. 당신은 동지들이 회합하는 건물을 나설 때 언제나 뒤에 미행이 붙는지를 살핀다. 그들이 눈에 보이지 않는다 해도 언제나 당신 행적을 좇으며, 어딘가 당신 가까운 곳에 매복해 있다는 것을 당신은 항상 의식해야 한다.

미행은 무서운 일이다. 그러나, 그들이 당신을 검열하기 전에 당신이 당신 자신을 검열하고 있다는 것. 그것이 더 무서운 일이다.

당신은 어떤 동지를 만나, 어떤 대화를 나누고, 어떤 계획을 세우고, 어떤 논의를 하든 하나하나 잊지 않고 세부를 더듬어 기억해야 한다. 어디까지 꾸미고 바꿔서 말할지, 어떻게 해야 조직과 동지가 덜 다칠 수 있을지 반드시 기억해내야 한다. 그것이 만일에 대비한 수칙 가운데 하나다. 우리 중 누군가 발각되었을 때, 어디까지 드러내고 어디까지 숨길 것인가. 그것을 미리 공유해 위험에 대비하는 것도 우리의 또다른 수칙이다.

점퍼를 입은 당신의 왼쪽 가슴에는 동지들 연락처가 담긴 수첩이 있다. 비상연락망, 조직의 주요 연락책, 지침. 당신이 절대 잃어버리거나 누설해서는 안 되는 기밀이다. 수첩은 손바닥에서 손가락을 뺀 부분보다도 작다. 혹시 길에 떨어뜨린다 해도 작고 눈에 띄지 않아 누구에게도 쉽게 발견되지 않을, 영원히 사라진다 해도 모를 그런 것이다. 얼마 전 생일이라며 딸이 수첩 하나를 사주었는데 그것은 지금 당신에게 없다. 아빠가 수첩을 많이 쓴다는 것을 알고 그것을 예쁘게 포장해 내민 딸에게, 네가 선물해준 수첩은 쓸 수 없다는 것을 어떻게 이야기할 수 있을 것인가. 아내가 대신 설명한다.

경찰 아저씨가 아빠를 갑자기 뒤에서 붙잡을 때가 있지.
그때 수첩을 한꺼번에 삼켜버려야 하거든.
친구가 있으니까.
잡아가버리면 안 되니까.

스누피가 그려진 스프링 수첩을 돌려받은 딸은 그것을 자신의 비밀을 적는 용도로 쓴다. 자신이 본 영화 목록과 그 줄거리, 자신이 본 드라마 목록과 그 줄거리, 자신이 좋아하는 노래 제목과 그 가사, 자신이 읽은 책 목록과 그 감상을 거기 적는다.

딸은 눈앞에서 한번 놓치면 다시는 그 장면을 볼 수 없다는 것이 두렵다. 한번 놓치면 다시는 그 노래를 들을 수 없다는 것이 두렵다. 그래서 엄마가 일하는 옷 수선집을 혼자 지킬 때면 항상 재단대 앞에 앉아 보고 들었던 것을 떠올리려 애쓴다. 그래서 글을 쓴다. 수첩 안에 글자를 적고 또 적으면서. 문자 속에서 그 시간 그 기억이 생생히 되살아날 때까지.

딸은 '플란다스의 개'와 소년 네로가 만나는 장소를 그리고, 〈쉘부르의 우산〉의 헤어진 두 연인이 만나는 장소를 그리고, 다큐멘터리에서 본 중국 혁명가 손문과 그의 아내 송경령이 만나는 장소를 그린다. 기억의 무대 위에서, 이별한 그들이 재회하는 장면을 상연하고 또 상연하면서.

기억할 수만 있다면 영화 속 모든 헤어짐들을 상상 속에서 다시 돌이킬 수 있을 것이다. 기억해낼 수만 있다면 한밤 텔레비전 앞에서 느꼈던 놀라움과 경이로움은 계속 살아 움직일 것이다. 그리하여 그 기억 속 영상은, 여자아이를 도시 변두리의 작은 옷 수선집이 아닌, 한 번도 가본 적 없는 먼 나라로 데려가줄 것이다.

그것은 너무 큰 비밀이라서 경찰이 이 수첩을 읽는다면 견딜 수 없을 만큼 부끄러울 것이고, 딸은 그렇기에 아버지를 이해할 수 있을 것도 같다. 딸은 갑자기 들이닥친 경찰에게 보여줄 수 있는 것과 없는 것을 나열해보고 보여줄 수 없는 것이 더 많음을 깨닫는다.

그렇다면, 종이를 접어 상자를 하나 만든다.

상자를 두 개 만든다.

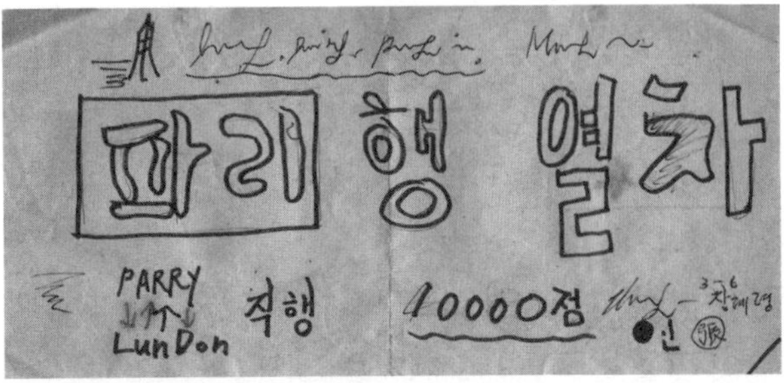
파리행 열차
PARRY
LunDon
직행
10000점

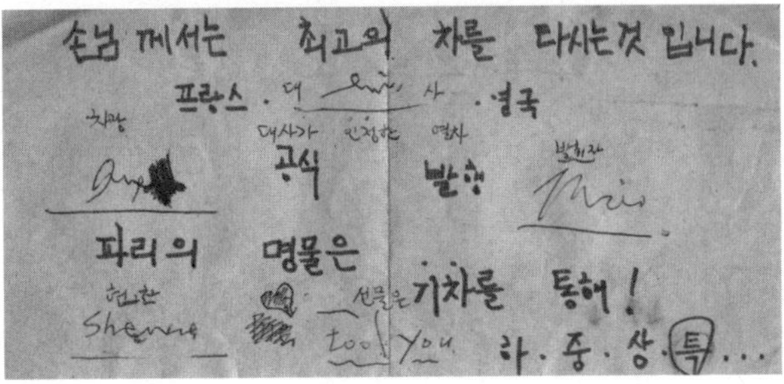
손님 께서는 최고의 차를 다시는것 입니다.
프랑스 . 대 사 . 영국
공식
발행
파리의 명물은
기차를 통해!
하 . 중 . 상 . 특 . . .

상자를 세 개 만든다.

상자를 네 개 만든다.

상자를 다섯 개 만든다.

상자를 여섯 개 만든다.

상자를 일곱 개 만든다.

상자를 여덟 개 만든다.

상자를 아홉 개 만든다.

상자를 열 개 만든다.

열 개의 상자는 하나의 상자가 될 수 있다. 상자 속에 작은 상자가, 그 작은 상자 속에 더 작은 상자가, 더 작은 상자 속에 그보다도 더 작은 상자가 담길 수 있기 때문이다.

상자 속에 수첩을 넣는다. 작은 상자 속에 전 세계가 담긴 듯하다. 경찰이 이 상자를 뒤진다면 최초엔 그 속에 숨겨진 상자를, 그다음엔 상자 속에 숨겨진 또다른 상자들을 발견하게 될 것이다. 열 개의 상자를 모두 열어야만 가까스로 수첩에 도달할 수 있을 것이다. 그렇다면 상자를 모두 열었을 때 나온 수첩을 그들이 빼앗아 펼쳐보기 전에 다 삼켜버릴 수 있을까. 한꺼번에 삼키는 것은 불가능해 보인다. 딸은 이제부터 수첩에는 어른들에게 보여줄 수 있는 것만을 적기로 마음먹는다. 말할 수 없는 것, 보여줄 수 없는 것은 어디에도 쓰지 않을 것이다. 아니, 말로는 할 수 없는 것만을 쓸 것이다. 그들의 언어로는 결코 닿을 수 없으며 그들의 사고로는 이해할 수 없는 모든 것. 그러니, 나의 모든 것을 쓸 것이다. 나는 그들의 언어가 아닌 언어로 쓰고 말할 것이다.

*

에디슨은 가족이 모두 모인 식탁에서, 그가 사랑하는 연인 단 한 사람을 제외한다면 누구도 알아챌 수 없는 방식으로 연인과 대화를 나눈다. 다름 아닌 모스부호로 식탁을 두드려 훗날의 아내에게 청혼한 것이다. 그녀는 모스 언어를 이해하는 사람이었다. 저녁식사 시간 동안 가족들은 이들의 언약이 이루어졌음을 알지 못한다.

*

. – –   . . –   – –   . . –   . . . –   – . –   – . .   . . – .

– . . .   .   – . –   – – .   . . –   . . – .   – . –   . . –

– . –   . . .   – . –   . – – –   . –   . . – .   – . –   – . .

. . . –   . – . .   .   . – – .   . . –   . . – .   . – – .

. –   . . – .   . – – .   – – . –   . . . –   .   . . – .

– . .   . . – .   . – – .   – . .   – . –   . – . .   –

– . –   . . –   . – –   . . – .   . . –   – . . .   .

·–– ··– –– ··– ···– –·– ··– –·–
– ·–– ––· ··–· –·· ··–· ·––· ·
–·– –·–– ·–·· –·–– ··–· –·· ··–
· –·– ··· –·– ·––– ·– ··–· –·–
··– –·– – ·–– ––· ––· –·· ·––
··–· ··– –··· ·

–·– ···· ···– ··– –·– –·· ··–
–·– ··· –·– ·––– ·– ··–· –·– –··
···– ·––– · –– ·–– ···· ···– ·–
·–·· · ···– –·–· ···· ··– ·––– ·
·––· ··– ––· ––· ··– –·– ·–

*

(비밀은 당신이 영혼을 가진 존재라는 증거입니다
비밀이 없는 자에게는 영혼이 없습니다
우리의 영혼을 함부로 갈취하려 하지 마시오)

*

입술.

당신의 입술만은

지금부터 내가 하는 말을, 하려는 말을 먼저 읽어주겠습니까.

*

그 성의 초록 철문이 열려, 안으로 들어서면 무성한 보랏빛 꽃으로 마당을 뒤덮은 등나무가 있고, 마당에는 줄넘기하는 소녀들과 꼬리가 둥글게 말린 개가 두 마리 있고, 안뜰에는 열매가 무성한 대추나무와 사철나무와 감나무가 있고, 안채에는 티브이로 〈천사들의 합창〉을 보는 사촌들, 또는 이미 가방을 메고 학교로 가버린 사촌들이 있고, 간혹 숙제를 했는지 검사하기 위해 무대에 등장하는 그들의 모친, 윤기나는 갈색 모피를 입고 뾰족 구두를 신은 이모가 있고, 나무로 된 거실 마룻바닥을 왕국의 복도처럼 손으로 쓸어보며 부모를 기다리는 어린 내가 있고, 이곳에서 하녀처럼 일하는 입양된 사촌, 잘못을 하든 잘못한 일이 없든 물이 가득찬 양동이를 들고 바지를 걷어올린 채 이모에게 매맞아야 하는 여자아이, 나쁜 혈통. 이 모든 것들을 그저 바라보아야만 하는 적요로운 오후가 있습니다.

몇 시간 뒤에는 사촌들을 가르치는 가정교사가 이곳을 방문할 것입니다. 사촌들은 상급학교 진학을 위해 외국어를 읽고 쓰고 말하는 법을 배울 것입니다. 나는 아직 일곱 살입니다. 나는 가족을 기다립니다.

아침부터 저녁까지 손에는 이백원이 있습니다. 엄마가 주고 간 그 돈으로 집 앞 상회에서 젤리나 사탕 두 봉지를 살 수 있습니다. 봉지 안에는 무지개 빛깔의 동그란 사탕들이 들어 있습니다. 빨간색, 주황색, 노란색, 파란색, 녹색, 연두색, 보라색, 입속에서 그것들이 다 녹는 동안 나는 더 기다려야만 합니다. 이 세계에 관해 말할 수 있는 언어가 아직 이곳엔 없습니다.

붉은 등을 올린 검은 지프가 한 대, 초록 대문 앞에 멈춰 섭니다.

나는 그것이 무엇인지 알고 있습니다.

계십니까.

그가 대문을 엽니다.

*

돌아보지 말아라.

자전거를 타고 앞으로 나아갈 때는, 자신이 나아갈 방향만을 바라보아야 하는 것이라고 당신은 말한다. 그것이 가장 어려운 일이다. 돌아보지 않는 것.

자전거를 이제야 배운다며 축구를 하다 말고 떼로 야유하는 남자아이들과, 탕 하고 느닷없이 울리는 육상부의 달리기 출발 신호, 눈이 올 듯 한없이 맑고 깊은 하늘과 흰색으로 트랙이 새겨진 단 하나의 운동장, 지금까지 자전거가 넘어지지 않도록 붙잡아주었던 두 개의 손, 그리고 자전거를 지탱하고 있는 나의 두 다리와 회전하는 두 바퀴마저 모두 잊고 앞으로 나아가야만 한다. 딸은 자꾸만 뒤를 돌아보고 아버지, 당신은 그 때문에 네가 앞으로 나가지 못하는 것이라고 재차 큰 목소리로 말한다.

뒤를 돌아보는 행동은 의심을 살 수 있다. 길목을 돌 때는 전방을 힐끗 살피거나 거울을 이용하는 쪽이 좋다. 너무 어두운 골목으로만 걷다보면 그들의 눈길을 더 끌 수도 있다. 사람들이 모여 있는 시가나 시장 길을 통과하는 대담함도 때로 당신에게는 필요하다. 많은 사람들 틈으로 들어선다면, 쫓아오는 쪽이 도리어 미행 대상을 놓치거나 미행 사실을 들키고 말 것이다.

그러나 야채와 과일, 생선을 늘어놓고 파는 노인들을 지나 젊은 여인과 어린 딸이 앉아 있는 포목점을 지날 때 당신은 그쪽으로 한 번쯤 눈길을 보내지 않을 수 없을 것이다. 다만 전화는 함부로 할 수 없으므로 소리내지 않고 물을 뿐이다.

잘 지내고 있습니까.

밤 아홉시가 넘은 시각, 아내는 잠시 고개 들어 벽에 걸린 시계를 바라본다. 무릎 위에는 밑단을 손질중인 바지가 올려져 있다. 집중해 손바느질을 계속하다보니 어깨가 뻐근하고 눈이 침침하다. 고개를 뒤로 젖혔다 좌우로 움직여본다. 눈을 몇 번 감왔다 떠본다. 이제 안경을 맞춰야 할까. 언젠가부터 밤이면 바늘귀 꿰는 일이 쉽지 않아졌다. 일을 멈추고 있자니 문득 바람소리가 귀에 들어온다. 아까부터 바깥은 바람이 심했지만 일에 집중하느라 듣지 못했던 것이다. 그래도 세 평 남짓한 가게 안은 아직 겨울을 나기에 거뜬하다. 가스스토브로 공기를 데우기 때문에 가끔 환기를 시켜주어야 한다는 것 말고는.

아내가 앉아 있는 옷 수선집은 그녀가 남편과 함께 지내던 안산을 떠나 언니가 있는 서울로 올라오면서 몇 해 전 문을 연 일터다. 그녀는 남편 없이 혼자 아이를 키우기 위해 이십대에 배웠던 양장 기술을 활용해보겠다 굳게 마음을 먹었다. 그 자리는 원래 레코드 가게였는데 이제는 레코드 가게 이름을 가진 옷 수선집이 되었다. 가게를 개조할 돈이 없어서 간판도 레코드 가게가 쓰던 그대로고 실내도 레코드 가게 구조 그대로이다.

서울이라고는 하지만 이곳은 화장실이 바깥채에 딸린 구식 한옥집들로 가득한 변두리 작은 동네고, 이런 곳에 엘피를 듣는 이가 있을 리 없다. 레코드 가게는 일 년을 다 채우지 못하고 문을 닫았다 했다. 그 자리에 세를 얻은 것은 우연의 일치였겠지만 소리로 된 음악을 파는 행위와 바느질로 이뤄진 노동을 파는 행위는 실은 비슷한 일인지도 몰랐다.

처음 가게 문을 열 때 그녀 아버지는 나무를 잘라 작은 입간판을 만들어주었다. 입간판 위에 흰색 래커칠을 하고 검은 페인트로 글씨를 썼다. '옷 수선 합니다/ 월요일은 쉽니다' 정면 출입구

옆 유리벽에는 남편의 남동생이 시트지로 '의 류 수 선'이란 글씨를 쓰고 장식을 만들어 붙여주었다. 모두가 처음 해보는 일이라 만듦새가 조금씩 삐뚤빼뚤했지만 보기에 나쁘지 않았다. 처음엔 모든 것이 임시방편이라고 생각했다. 그러나 몇 년이 지나자 임시방편의 삶은 일상이 되었다.

원래 카세트테이프들이 꽂혀 있던 진열장에는 색색의 실패들이 늘어섰고 그 맞은편 엘피판들이 꽂혀 있던 진열장에는 묵직한 천과 레이스, 지퍼 같은 부속들, 전지를 잘라 만든 재단본들이 들어찼다. 이제는 엘피 진열장 앞에 재봉틀 한 대가 놓여 있다. 가게 입구에서 보면 정면 제일 안쪽에 있는 재단대는 원래 뒤주였던 것을 하늘색 천으로 덮개만 씌워 용도를 바꾼 것이다. 재단대 벽에는 각종 제도용 자들과 줄자가 못에 걸려 있고 재단대 위에는 은회색 초로 만들어진 초크와 갈색 가죽 골무, 바늘과 진주핀 실핀들이 잔뜩 꽂힌 바늘쌈지, 손님들이 원하는 수선 내용과 외상을 적은 메모들이 있다.

안쪽 벽면에 붙어 있는 가스스토브가 주로 위쪽 공기만 데우기 때문에 바닥엔 전기난로 하나가 더 놓여 있고 그 앞에는 흰 개 한 마리가 두 발에 고개를 묻은 채 엎드려 있다. 개 이름은 까불이. 언젠가부터 자주 놀러오더니 어느새 이 집 개가 되어버린 개다. 따뜻한 난로 곁을 떠나지 않는 개, 집에 가라고 내쫓아도 다시 돌아와 문 앞에 앉아 있는 개, 눈가가 언제나 촉촉이 젖어 있는 개, 딸아이가 가끔씩 연주하는 멜로디언 소리를 들으면 고개를 위로 젖히고 여우처럼 우는 개다.

딸은 가게의 다른 사물들처럼 조용히 여기 있다. 가만히 앉아 수학 문제를 풀거나 일기를 쓰는 일. 그것이 그 아이가 가장 잘하는 일이다. 문제 풀이를 워낙 좋아하니까 최근에는 고난이도 문제만 모아놓은 문제집을 사주었다. 딸은 재단대 앞에 놓인 작은 평상 위에, 앉은뱅이책상을 놓고 거기서 공부도 하고 밥도 먹는다. 재단대 위에는 이십 년도 더 된 회색빛 구형 라디오 한 대가 놓여 있다.

라디오는 두꺼운 책만한 크기에 직사각형 모양이다. 몸체 위쪽에 찍찍 긴 줄을 그어놓은 듯한 구멍 몇 개가 스피커다. 그 구멍 틈에 지난 이십여 년의 먼지가 쌓여 있다. 라디오는 어디에 어떻게 세워놓느냐에 따라 소리가 들렸다 안 들렸다 한다. 새것으로 바꾸자고 딸이 말해도 아내는 그럴 생각이 없다. 새것을 사려면 돈이 또 들고 아직 들을 수 있는 방송이 두세 개는 있으니까.

아내는 신을 믿는다. 일을 할 때고 일이 없을 때고 기독교 방송으로 주파수를 맞춰놓고 라디오를 듣는다. 이 구형 라디오가 가장 잘 잡아내는 전파가 기독교 방송이기 때문이다. 아내는 과거의 죄를 사해달라며 간증하는 사람들 이야기에 귀기울인다. 그들의 눈물, 그들의 고통, 오직 주님께서 우리를 외면하지 않으시고 오직 그분만이 여기 우리를 돌보실지어다. 아내는 딸이 잠들면 무릎을 꿇고 두 손 모아 기도한다.

하늘에 계신 우리 아버지.
하느님이시여, 그이의 앞길을 지켜주소서.

아내에게는 어느새 많은 것이 신앙이고, 당신을 믿는 것 또한 신앙이다. 가끔 당신이 하느님인지, 하느님이 당신인지 하느님과 당신을 뒤섞어 기도하는 당신의 아내. 아내는 딸과 함께 가게 문을 닫고 방으로 돌아와 씻고 티브이를 보다가 딸을 먼저 재운 뒤, 다음날 도시락 반찬을 준비한다. 밥솥에 불린 쌀을 안치고 밀린 설거지를 마친다. 빨랫감을 옷 색깔에 따라 분류하고 밖에 놓아둔 길고양이 밥그릇에 밥과 물을 채운다.

모든 일과가 끝났다. 이제 편지를 쓸 시간이다. 아내는 눈을 감고 입술을 달싹이며 혼잣말하듯 하루를 돌아보며 기도한다. 누에고치에서 가느다란 실을 뽑듯이 말이 끊기지 않도록 하나하나 천천히 단어를 꺼낸다. 주기도문을 암송할 때와 같이 모든 구문과 구절의 음조와 속도는 일정하다. 단어의 무게는 무거움과 가벼움 어느 한쪽에 치우쳐 있지 않고 고르다.

당신.
잘 지내고 있습니까.
가게는 겨울이 되어 그런지 벌이가 줄어 다소 어려움이 있었

지만

하느님이 살펴주시어 잘 살아가고 있습니다.

아이도 학교에 잘 다니고 있습니다.

선생님도 칭찬하시고

학교에서 주는 표창장도 받을 것 같습니다.

바람이 많이 불고 바깥은 더 추울 텐데

당신이 어떨지가 걱정입니다.

아무쪼록

몸 건강하십시오.

아내 올림.

혀끝에 마지막 구두점을 내려놓는 순간, 눈안에 잠시 그것이 눈물처럼 맺히는 듯하다. 딸아이의 숨소리와 가끔 웅웅거리는 바람소리만 들려올 뿐인 작은 단칸방의 정적과 깊은 어둠 속, 아내는 글썽임을 내려놓기로 한다. 한숨을 한 번 쉬고 깨끗한 편선지를 꺼내어 방금 기도한 내용을 다듬어 정서한다.

*

사랑하는 당신께,

잘 지내고 계십니까.

딸애도 당신이 잘 지내는지 궁금해합니다. 아빠 보고 싶다고 그래요.

공부 잘하고 학교 잘 다니고 있습니다.

부디 몸 건강하십시오.

당신의 아내 올림.

*

지금부터 잘 들어야 해. 경찰들이 들이닥칠지도 몰라.

엄마는 말합니다. 작은 방 안에서, 작은 방 하나가 전부인 집에서, 누군가 듣고 있을지도 모른다는 듯 더할 나위 없이 나지막한 소리로 속삭입니다. 엄마의 어조는 차분하고 침착하여 그 속에서는 나무뿌리 같은 섬세함과 집요함이 만져집니다. 한 사람은 무언가를 말하고 전달하며 다른 사람은 그 말을 듣고 또 듣습니다. 들어야만 합니다. 들어야만 살 수 있습니다. 온몸이 귀가 된 듯합니다. 작은 소리만으로도 내부가 날카로운 것으로 긁혀 찢겨나갈 듯합니다. 경찰이 들이닥칠지도 몰라. 바깥엔 비가 내리고 있습니다. 바람에 나뭇가지가 흔들려, 아무렇게나 휘어지며 지붕을 긁고 부딪치는 소리를 냅니다.

경찰들. 그들은 아직 없습니다. 지금 없습니다. 여기 보이지 않습니다. 귀신. 환영. 그림자. 유령. 유령들. 보이지 않는다는 것은 두려움입니다. 어디에도 없는 그들은, 동시에 어디에나 있기 때문입니다.

딸은 안기부에 억류된 어린아이에 관한 소식을 듣습니다. 나, 나 자신이 될 수도 있을, 나로 바뀌어 있어도 하나도 이상하지 않을 그 아이, 열 살쯤 되었을까 이름도 얼굴도 없는 그 아이는 열두 시간, 스물네 시간…… 서른여섯 시간이 넘도록 잠을 자지 못하는 고문을 겪어야 했던 그 아이는 결국, 없는 부모를 대신하여 눈물 흘리며 무언가를 말해야 했습니다. 자신이 아는 것, 아는 것을 넘어선 모든 것을 말하라. 경찰들. 그들은 그들이 원하는 무언가를 어린아이에게서 듣고자 했습니다. 그것이면 충분했습니다. 그것으로 충분했습니다.

엄마는 말합니다. 어린아이는 거짓을 말할 수 없기 때문에 아저씨들이 잡아가는 거야. 너도 그애처럼 아저씨들이 잠을 못 자게 하면서 아빠 어디 가셨는지, 아빠가 뭘 숨겼는지 물어보면 그게 뭐든 얘기할 수밖에 없겠지? 아빠는 지금 경찰들에게 쫓기고 있다. 너도 알겠지. 그렇기 때문에 너에게 모든 걸 말해줄 수는 없어.

엄마는 아버지의 동지입니다. 동지는 동지가 위기에 처했을 때 수습을 합니다. 그동안 아버지가 작성했던 비밀문서들, 문안들 가운데서 더 중요한 것과 덜 중요한 것, 공개되어도 좋은 것과 그렇지 않은 것들을 구분합니다. 늘 준비했던 일이기에 그리

오랜 시간이 걸리지 않습니다. 엄마는 그것들을 모아 엄마가 만든 손가방에 넣고 다른 동지들에게로 갑니다. 먼 친척에게로 갑니다. 그러나 때로 다른 동지들이나 친척들에게 가는 길이 더 위험할 수 있습니다. 도중에 경찰에 발각된다면 걷잡을 수 없게 일이 커질 수도 있습니다. 그때 엄마는 뒷마당으로 갑니다. 때로 뒷산으로 갑니다. 동네 사람들은 약수를 뜨고 맨손체조를 하고 나무를 가꾸고 꽃씨를 심는 그곳에 비밀문서를 묻습니다. 지금 이 시간이 무사히 지나가기를 기도하며, 언젠가는 그 비밀들을 밝은 곳에서 꺼내어볼 수 있기를 기도하면서.

*

러시아 시인 오시프 만델슈탐은 독재자였던 스탈린을 비판하는 시를 쓴 뒤 유형에 처해진다. 그의 아내 나데즈다 만델슈탐은 눈앞에서 자신의 남편이 비밀경찰에게 잡혀가는 장면을 보아야 했다. 어디로, 언제까지, 정확히 무슨 연유로 남편이 끌려가야 하는지 누구에게서도 답변을 들을 수 없었다. 모든 것이 이유가 될 수 있었다. 누군가 당국이 붙잡아 간다면 그럴 만한 이유가 있을 거라고 모두가 믿던 때였다. 믿고 싶어하던 때였다. 그런 믿음이 있어야만 간신히 삶을 유지할 수 있던 시대였다.

그녀는 동지들에게 만델슈탐의 낱말들을 적은 서신을 하나씩 보내기 시작한다. 때로 어떤 서신은 물에 젖거나 찢겼으며 봉인이 훼손되었다. 누구에게도 가닿지 못한 채 어디론가 사라졌다. 읽히지도 못한 채 쓰레기통에 버려졌다. 나데즈다는 남편의 시를 보존하기 위하여 시편 전부를 매일 암송하기 시작한다.

그러자, 언어가 그녀의 삶이 되었다.

사라지지 않았다.

그 영혼 안에서 영원히 살아남았다.

그랬기에 누구인지도 모를 그들이 만델슈탐의 책을 모두 빼앗아 불태우고 그와 가족들을 감금한다 해도 그의 시는 살아남을 수 있었다. 세월이 흘러 마침내 당국으로부터 모스크바로의 이주를 허락받은 그녀는 오랜 망명 생활을 청산하고, 작고 낡은 아파트에서 죽는 날 마지막 그 순간까지 자신의 혀 아래 숨겨두었던 언어를 되살리는 일을 계속했다.

이 시간, 이 언어를 여기 기억함으로써

그 시대, 그 어둠, 그 고통, 그 잘못을

우리가 반복하지 않기 위해.

우리가 반복하지 않게 하기 위해.

*

신문 한쪽에 실린 지명수배 명단을 본 기억이 있습니다. 거기 어딘가 '국가보안법 위반으로 수배중'이란 말이 있었고 중간 크기의 이름이 있었고, 그 밑에 작은 이름들이 몇 개 있었습니다. 작은 이름이 아버지의 이름 아버지의 역할이었습니다. 또한 아버지 친구들의 이름 아버지의 친구들 역할이었습니다.

나는 어렸지만 알고 있었습니다. 중국의 신해혁명, 프랑스의 대혁명, 러시아의 시월혁명에 대해서. 박정희와 전두환의 쿠데타, 그리고 광주 학살에 대해서. 성공하면 쿠데타가 되고 실패하면 반란이 되며 어떤 때는 폭동으로 이름 지어졌다 훗날 혁명이 되기도 하는 그런 일들에 관해서 나는 읽었습니다. 간디와 마르크스, 손문을 읽었습니다. 안창호와 안중근, 유관순을 읽었습니다. 그들은 조국을 위한 일을 하고 있었지만 국가를 향해서는 잘못을 하고 있었습니다. 나와 가장 가까운 친구는 여호와의증인이었습니다. 그애의 이름은 우리. 아이들은 음악 시간마다 우리의 뒤에서 우리를 놀리며 꺄르르 웃었습니다. 우리의 소원은 통일. 우리의 소원은 통일이지.

우리는 국기에 대한 맹세 시간에 가슴에 한 손을 올리지 않았고 한 번도 애국가를 따라 부르지 않았습니다. 나는 우리의 옆에서, 이유도 알지 못한 채 다른 아이들을 따라 국민교육헌장을 세 번 받아쓰기하고, 무궁화와 백두산에 관한 노래를 부르고, 국기에 대해 경례를 취하고, 나라 사랑을 맹세했습니다. 나는 자랑스러운 태극기 앞에 조국과 민족의 무궁한 영광을 위하여 몸과 마음을 바쳐 충성을 다할 것을 굳게 다짐합니다.

국민 교육 헌장

우리는 민족 중흥의 역사적 사명을 띠고 이 땅에 태어났다. 조상의 빛난 얼을 오늘에 되살려, 안으로 자주 독립의 자세를 확립하고, 밖으로 인류 공영에 이바지할 때다. 이에 우리의 나아갈 바를 밝혀 교육의 지표로 삼는다.

성실한 마음과 튼튼한 몸으로, 학문과 기술을 배우고 익히며, 타고난 저마다의 소질을 계발하고, 우리의 처지를 약진의 발판으로 삼아, 창조의 힘과 개척의 정신을 기른다. 공익과 질서를 앞세우며 능률과 실질을 숭상하고, 경애와 신의에 뿌리박은 상부 상조의 전통을 이어받아, 명랑하고 따뜻한 협동 정신을 북돋운다. 우리의 창의와 협력을 바탕으로 나라가 발전하며, 나라의 융성이 나의 발전의 근본임을 깨달아, 자유와 권리에 따르는 책임과 의무를 다하며, 스스로 국가 건설에 참여하고 봉사하는 국민 정신을 드높인다.

반공 민주 정신에 투철한 애국 애족이 우리의 삶의 길이며, 자유 세계의 이상을 실현하는 기반이다. 길이 후손에 물려줄 영광된 통일 조국의 앞날을 내다보며, 신념과 긍지를 지닌 근면한 국민으로서, 민족의 슬기를 모아 줄기찬 노력으로, 새 역사를 창조하자.

1968년 12월 5일

대통령 박 정 희

교정에는 철쭉과 진달래가 피어 있었습니다. 무궁화와 부용화가 피어 있었습니다. 어떤 꽃이 무궁화인지도 알지 못하면서 무궁화 노래를 부르는 것은 어딘가 이상한 일이라고 생각했지만, 태극기의 네 괘가 늘 헷갈렸지만, 나라를 사랑한다면 바르게 네 괘를 그릴 줄 알아야 한다고 들었지만 그건, 어려운 일이었습니다. 나는 우리와 교정 옆 사육장에 있는 토끼에게 풀을 주었습니다. 철장에 갇힌 토끼들은 새카만 눈으로 우리들을 바라보았습니다. 나는 이 모든 시간이 지나는 동안 눈 한번 감지 않고 고개를 숙이지도 않는 우리를 가끔씩 곁눈질로 바라보았습니다. 우리는 우리가 여호와의 나라에 산다고 했습니다. 우리는 여호와가 주신 운명을 받아들이기 위해 다른 사람의 피를 받지 않는다고 했습니다.

나는 우리의 말을 들으면서 차에 치여 피 흘리는 우리와 그런 우리를 숨죽여 지켜보는 우리네 가족들을 몰래 상상하고 말았습니다. 우리 엄마 아빠가 여호와를 믿는다는 건 우리가 죽어갈 때도 끝까지 피를 주지 않고 내버려둘 거라는 말일까. 우리의 엄마 아빠는 국민학교 선생님이었습니다. 언제나 얼굴에 온화한 미소를 띤 분들이었습니다. 믿음은 어떻게 저런 얼굴을 가진 사람들을 바꿔놓는 걸까. 믿음은 언제 시작되었을까. 나는 우리네 집 식탁에 앉아 우리네 가족과 밥을 먹고 우리네 집 소파에 앉아 함께 과일을 먹으며 그분들 얼굴을 바라보았습니다. 신으로부터 선택받은 사람들. 우리의 엄마와 아빠는 우리집을 이해한다고 말했습니다.

같은 반에 있던 또다른 여호와의증인 친구는 엄마가 남의 피를 받는 걸 거부하다가 돌아가셨다고 했습니다. 나는 담임선생님을 따라 우리 동네에 있던 그 친구네 집으로 가정방문을 갔습니다. 가는 길 내내 우리를 생각했습니다. 선생님도 피를 받지 않아 죽었다는 말을 혼자 듣는 건 무서운 거구나, 생각했습니다. 길이 꽤 멀다, 그렇지? 그날 선생님은 손수건으로 계속 땀을 닦으며 덥다는 말 말고는 아무 말도 하지 않았습니다.

마당에 목련나무가 있던 아름다운 집을 두고 우리의 가족들은 미국으로 떠났습니다. 미래에 군대에 가는 대신 감옥에 가야 할지도 모를 아직 어린 아들을 위해, 그러나 더 큰 사명인 여호와의 말씀을 전도하기 위해서라고 했습니다.

물론 우리네 가족과 달리 미국으로 떠날 수 없는 형편인 어떤 사람들은 여기 남았습니다. 십자가와 교회라는 상징이나 간판도 없는 건물에서, 전도사님이었고 목사님이었던 우리의 엄마 아빠 집에서 남몰래 성서를 읽으며 같이 기도하던 사람들, 주름진 플레어스커트에 구두를 신고 햇빛이 쨍쨍한 날이든 그렇지 않은 날이든 레이스 달린 양산을 들고 삼삼오오 비밀을 나눌 수 있는 사람들을 찾아다녔던 우리네 가족의 친구들은 여기 남았습니다. 그들은 우리나라 방방곡곡으로 퍼져나가 일요일이면, 집집마다 초인종을 누르며 닫혀 있는 이웃의 문을 두드렸습니다. 다채로운 색으로 인쇄된 얇은 신문을 보여주며 아름다운 천국을 소개했습니다.

그곳에서는, 등에 흰 반점이 있는 갈색 사슴이 잘 가꾸어진 정원에 서 있었습니다.

호랑이와 사자 같은 맹수도 그 성품이 온순해져 다른 짐승을 해치지 않고

곡식과 열매와 꽃과 나무가 가득하고

그 어떤 슬픔이나 그늘도 없이

흰 얼굴 검은 얼굴을 가진 남자와 여자, 아이들이 가족처럼 한 식탁 앞에 둘러앉아 웃고 있었습니다.

우리야. 우리야.

나는 가끔씩 혼자 우리의 집 앞에 가서 깨금발로 담장 안을 넘겨다보며 우리를 불러보았습니다. 우리가 떠난 그곳에는 여호와의 나라가 있는 걸까. 목련나무에서 흰 꽃잎이 떨어지는 것을 바라보았습니다. 떨어진 꽃잎들이 이리저리 몸을 뒹굴다 새카맣게 상해가는 것을 바라보았습니다. 목련의 나라를 생각했습니다.

*

아버지는 훌륭한 분이시다.

앞으로도 공부 열심히 하거라. 담임선생님은 수업이 끝나고 아이들이 모두 집으로 돌아간 뒤에, 나를 따로 자신의 책상 앞으로 불러 그런 말을 하였습니다. 다음해 선생님도 그다음해 선생님도 그랬습니다. 선생님들은 그렇게 훌륭한 분이 왜 이 세상에서 도망을 다녀야 하는지에 대해서는 끝까지 말해주지 않았습니다. 이름 활자들이 작게 인쇄된 신문은 선생님 책상 위에도 있었습니다. 아버지는 훌륭한 분이시다. 선생님 책상 앞에 앉은 내 시선은 교실 바닥에 맺힌 작은 빛 무늬를 따라 움직여갔습니다. 먼 데서 누군가 만화경을 돌리고 있는 것 같았습니다. 어지러웠습니다. 눈앞이 어른어른했습니다. 한 세계가 바뀔 때마다 그들의 도망 그들의 고초 그들의 시간과는 아득히 먼 거리에, 학교 간부회 어머니들이 가져다준 과일바구니와 난초 화분이 있는 작은 탁자 위에, 정물처럼 단정하게 아버지는 놓여 있었습니다.

11월 11일 토요일 흐림

주제: 우리 아빠

우리 아빠는 요즘에는 집에 얼굴도 내밀지 못한다,

노동운동 단체 협의회에 가입한 사람들이나 지도자 10명을 수배했기 때문이다,

벌써 2주일 째이다,

전화를 해도 간단한 안부와 인사만 묻고 그냥 끊는다,

이번 검찰의 일제 검거로 체포 당할경우 국가보안법 위반 혐의를 받는다고 신문에 나와있는 기사를 보았다,

우리 아빠는 왜 이렇게만 살아야 하는지 모르겠다,

우리집은 엄마가 거의 모든 생계를 꾸려나간다, 아주 가까운 이웃이나 친척들은 아빠가 무슨일을 하고 있는지 알고 있다,

아빠의 친구들은 아빠와 같은 일을 했다가 모두 그만 두었는데 아빠만 계속 이 일을 하고 있다,

어떤 사람은 아빠를 보고 '참 훌륭한 일을 하신다'고 한다,

아빠가 늦게 들어오고 그런일에는 익숙해져
있다, 아빠께서 하시는 일도 무엇인지 잘 알고
있다, 이것은 친구들에게도 이야기 하지 않는다,
아빠께서 안 잡히 셨으면 좋겠다며
하느님께 기도드린다,

혜령아. 시험 공부 열심히 하여라.
아빠가 보고 싶겠구나.

11월 13일 월요일

주제! 시험공부
시험이 열흘 정도 밖에 남지 않았다,
기말고사 예상 평가지는 신문같이 되어있는데
1, 2회로 10장이 조금 넘는다,
아직 문제집도 다 풀내지 못했다,
뉴턴 10월호인데 문제집에는 광양제철소까
지 나타있다, 다른 학교는 그 만큼 진도가
빨리 나간다는 뜻이다,
산수는 비와 비율이 좀 어렵기는 하지만
하다보니 이해 되는 것도 있다,
사회는 경공업, 중공업, 중화학 공업까지 해야
한다,
어떤 문제는 나라명이 표시되어 있지않은
우리나라 주변 나라와의 수입관계를 묻는것도

되었다,

며칠동안 사키어 보니 그냥 보통 개라는 것을 알게 되었다,

주인이 아니면 싫어해야 하는데 우유 남은 것을 주니 꼬리를 치고, 좋아서 짖기 까지 했기 때문이다,

덕분에 뽐내던 삼녀도 차츰 고개가 수그러들어 경쟁의식으로 밥을 마구 먹고 있다,

가리지 않고 먹어 댄다,

안 먹었으면 그 개를 준다고 했기 때문이다,

이런 경쟁의식은 사람이 ~~가장~~ 필요한 것이 아닐까,

12월 3일 일요일 추움

주제! 단식

우리 아빠는 요즘 일 주일 동안 단식을 하신다,

며칠전 까지는 명동성당에가 계셨는데 집으로 잠간 왔다갔다 하신다,

밥도 그냥 못 먹어서 묽은 죽으로 밥을 대신 해야 한다,

쌀 한 줌에 물 한바가지 식으로 쌀미앙

의 15배를 물로 채운다음 가스렌지에 놓고 끓인다,

그 죽은 평소때 먹는 식사의 양보다 더 적게 천천히 먹어야 한다.

배가 고플때는 야채효소를 물에 타 먹는다, 그러면 배가 매우 부르다, 아빠는 집에서 계속 맥주효모를 깨물어 드신다,

수험생, 어린이 누구에게나 좋다는 영양 보충제 같은 것이다,

황토색과 갈색을 혼합한 색인데 냄새가 이상해서 나는 먹지 않는다,

이럴때는 아빠가 왜 단식 까지 하면서 데모는 하는지 모르겠다,

엄마께서는 아빠같은 사람들의 노력으로 대통령도 구속할 수 있었다고 하신다,

단식이 빨리 끝났으면 좋겠다,

혜경아. 경시대회가 얼마 안 남았구나.

12월 4일 월요일

주제: 색종이 접기

공부하고 남은 시간에 사기를 보다가 색종이 접기를 했다,

(57)

○ 일천 구백 구십 육년 오월 열아흐레 (日) 맑았다 소나기

<5.18 광주 민주화 운동>

왜 4.19만 거론되고 5.18은 거론되지 않는 것일까?

한국 방송 3사는 5.18 광주 특별 프로그램 생중계를 외면했다.

5.18일 군인들의 총칼 아래 무수히 죽어간 그 분들의 노력은 꿈이었을까?

전두환, 노태우 두 전직 대통령이 모두 소환되었고 교도소에 수감 되어 있다.

두 사람은 광주 시민을 '폭도'로 몰아세운 비정하고도 잔인한 그리고 사악한 군인들이었다.

80년에서 지금까지 16년이 흘렀다.

하지만 아직도 진상은 묵인되고 침묵속에 세월만 흘러가고 있다.

5.18로 이별한 사람이 너무 많아서 그런 것 같다.

묘소 참배나 하며 울부짖는 유가족들은 얼마나 참담한 심정인가?

자신의 정권 유지를 위한 전두환의 음모로 많은 시민이 죽어 가야만 했다.

희생양이라 하기엔 너무한 크고 비극적인 중국의 천안문 사태와 같은 그러한 것이었다.

(58-

나는 두 전직대통령는 천벌을 받고도 모자란다고 생각한다,

잔악하고 추악하고 사악한 비밀에 싸인 이 사건의 진상을 반드시 밝히고 조사하여 모든 관련자가 처벌되야 하겠다

깨끗이 잘 썼다,

○ 일천 구백 구십 육년 오월 스무 여드레 (火)

〈협동화〉

미술시간에 협동화를 그렸다,

준비물은 전지와 수채물감, 파레트 붓, 물통이었다,

전지에 스케치를 하고, 6등분으로 나누어서 각자 그렸다,

우리는 수련회에 다녀온 것을 그렸는데 길 위에 걷고 있는 우리와 옆의 큰나무를 그렸다,

앞에 있는 사람은 크고 뒤에 있는 사람은 작게 삐죽한 나무, 큰 나무를 그렸다,

길은 남색을 물에 많이 섞어서 땅은 황토색, 갈색, 고동색, 밤색, 노란색을 섞어서 물을 넣어 썼다,

나무에는. 노란색. 초록색. 연두색. 연녹색. 청녹색. 진녹색

5장

당신 뒤에 딸도
받아쓰기를 했습니다

거기, 문이 보이지 않는 어두운 방이 있고 사무용 탁자가 있고 의자가 있으며 방 한가운데 높은 천장에는 백열 조명이 하나 켜져 있다. 그 빛은 꺼지지 않는다. 그 빛은 영원히 꺼지지 않는다. 어둠이 아니라 빛이 공포이며 고통일 수 있다는 사실을 당신과 당신 친구들은 미처 알지 못했다. 그곳에 도착하기 전에는.

너무 많은 것을 본 사람. 일찍이 태양을 바라본 사람은 눈이 멀고 만다. 야구장 서치라이트와 같은 밝기인 빛, 그 전구에서 나온 강력한 빛이 당신들 몸을 꿰뚫는다. 숨을 곳이 없다. 숨을 힘이 더는 없다.

빛은 당신을 벌거벗기고 당신 입에 재갈을 물리고 당신 두 손

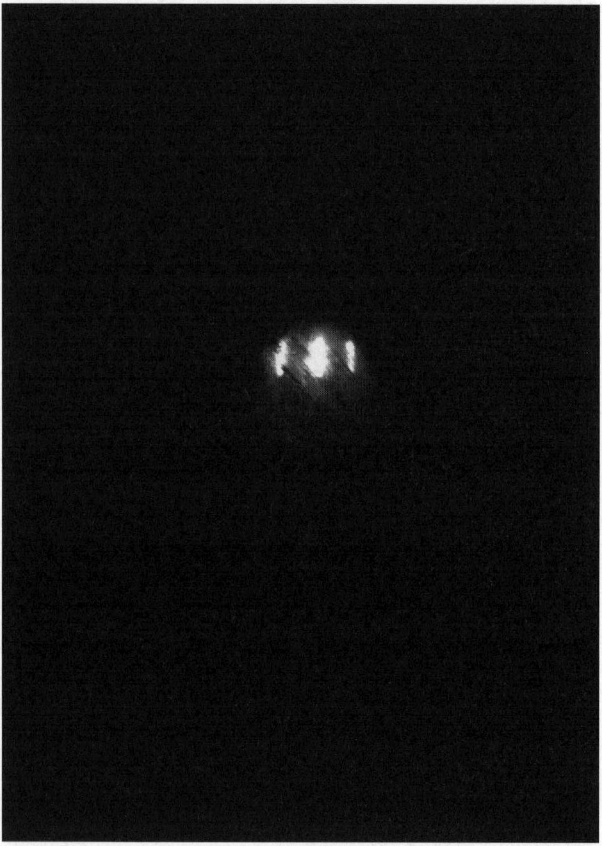

을 결박하고 당신을 고개 들지 못하게 하고 당신을 무릎 꿇리고 당신을 빌게 하고 당신을 울게 하며 벽 넘어 들려오는 사람들의 비명, 그 비명 속에서 당신을 영원히 잠들지 못하게 하고, 낮과 밤을 구별할 수 없게 된 당신이 그토록 소중한 당신의 동지, 동지들 이름을 낱낱이 발설하게 하고 그리하여 당신이 당신 자신의 나약함과 비겁함을 혐오하여 더이상 어떤 말도 할 수 없게 될 때까지, 오직 당신만을 비출 것이다. 그러니 그 빛은 영원히 당신들의 날들을 떠나지 않을 것이다.

당신들은 매를 맞으며 받아쓰기를 한다.
각자의 방에서.

나는 공산주의자입니다.
나는 사회주의자입니다.
나는 불법조직에 가담하여 사람들을 선동하였습니다.

그들은 당신들에게서 공책을 빼앗고 당신들은 다시 매를 맞으며 받아쓰기를 한다.

나는 공산주의자입니다.
나는 사회주의자입니다.
나는 불법조직에 가담하여 사람들을 선동하였습니다.

그들은 당신들 공책을 찢고 이번엔 외워서 써보라고 한다.

나는 공산주의자입니다.
나는 사회주의자입니다.
나는 불법조직에 가담하여 사람들을 선동하였습니다.

당신들은 울면서 받아쓰기를 하고, 받아쓰기한 문장이 완전히 당신들의 것이 될 때까지 그것을 암기하도록 그들로부터 공책을 건네받는다. 그들은, 두 손으로 머리를 움켜쥔 채 흐느끼는 당신들, 이가 딱딱 부딪힐 만큼 떨고 있는 당신들에게 이번엔 잘 다린 흰 셔츠를 입은 선한 얼굴의 남자를 들여보내고, 그 남자는 당신들에게 담배를 주고 불을 붙여주고 조용한 목소리로 위로를 해준다.

당신은 잘못한 것이 없어요.
내가 잘 압니다. 그러니 금방 끝나겠군요.
곧, 돌아가게 될 겁니다.

당신들은 고향을 떠올린다. 동지들을 떠올린다. 형제 같고 친구 같은 그 남자 두 손을 꼭 잡으며, 아니 꼭 잡을 힘도 없이 덜덜 떨리는 손으로 이해해줘서 고맙다 중얼거리며 눈물을 훔친다.
그는 이제 한번 정말 솔직하게 써보라고 말한다.

마음을 담아 써보세요.
거짓 없이 쓰는 겁니다.

당신들은 쓰고, 당신들은 다시 매를 맞는다.

거짓 없이 쓰라고 하지 않았습니까.
거짓 없이 쓰는 겁니다.
거짓 없이.

그들은 그들의 교훈이 당신 내면에 자리잡아, 당신 자신이 했던 것과 그들이 말하는 것 사이의 차이를 당신이 더는 구분할 수 없게 되기를 바란다. 불법적인 연행 불법적인 감금 불법적인 시간의 탈취 이런 낮 이런 밤이 열흘 스무 날 삼십 일 넘게 이어지는 동안 반드시 그렇게 될 것이다. 낮으로부터 밤이, 밤으로부터 낮이 나뉘지 않고, 그들로부터 당신들이, 그들의 말로부터 당신들 말이 완전히 구별되지 않는 고통은 당신들이 이 방을 나간 뒤에도 계속되어, 그 고통이 당신들을 서서히 지치게 하고 쓰러지게 하고 병들게 하고 무너지게 하고, 당신들 모두가 죽어 없어진 뒤에도 이 방의 불빛은 절대 꺼지지 않을 것이다.

그리하여, 당신들의 밤 당신들의 악몽은 우리의 삶이 될 것이다.

그들은 매일 아침저녁으로 방마다 의사를 들여보내고, 그때마다 안경을 쓰고 흰 가운을 걸친 평범한 중년 남자가 나타난다. 그는 매일 구별되지 않는 작은 방들을 돌아다니며 구별되지 않는 구금자들을 회진한다. 먹지 않는 사람에게는 멍이 남지 않도록 두꺼운 담요를 둘러 입을 벌릴 때까지 발길질을 하거나, 여러 사람을 붙여 팔다리를 붙잡아 강제로 입을 벌리게 한 뒤 튜브를 꽂아 죽지 않을 만큼 영양을 공급해준다. 그래도 운이 나빠 멍든 사람에게는, 차가운 소고기를 붙여 혈흔을 지워준다. 구토를 하는 사람 두통이 심한 사람 이명이 있는 사람 환청을 듣는 사람 내장이 파열된 사람 혀를 깨문 사람 이가 부서진 사람 뼈가 부러진 사람 다리를 저는 사람 그들 모두에게 의사는 필요하다. 그렇기 때문에 그는 국가에 고용되어 일을 한다.

피에 물든 수백 개의 눈을 하나씩 살펴본 뒤, 그는 직업적인 소견을 말한다.

시간이 가면 낫습니다.
더 해도 되겠습니다.

*

이제 수갑은 없습니다. 얼굴을 가렸던 검은 천도 없습니다. 두 손과 두 발을 묶는 포승줄도 없습니다. 결박하는 것이 아무것도 없는데 당신은 왜 그곳으로부터 벗어나지 못합니까. 당신의 동지, 형제 같고 또 혈육 같았던 당신의 동지, 마음이 순하고 또 약했던 당신의 어떤 동지는 영원히 그 꿈속에서 깨어나지 못하기 때문입니까.

일어나. 일어나야 해.

당신은 동지를 흔들어 깨우고, 동지는 당신에게 잠이 온다고 자꾸만 잠이 온다고 말합니다. 일어나. 일어나야 한다고. 흰자위 드러낸 눈을 희번덕이는 동지, 눈을 감지도 뜨지도 못하는 동지, 동지의 뺨을 후려치며 당신은 말합니다. 정신 차려. 잠깐만 정신 차리면 나갈 수 있어. 잠깐이면 돼. 힘을 내. 순간 동지는 정신이 드는 듯 당신 얼굴을 힐끗 쳐다보고는 도로 눈을 감습니다. 힘없이 고개를 젓습니다. 졸려. 깨우지 마. 잠이 와. 잠이 온다고. 동지는 잠꼬대를 합니다. 당신은 잠으로 자꾸만 잠속으로 걸어들어가는 동지를 붙잡습니다. 그러나 그는 눈뜨지 못합니다. 눈을 뜨는 일. 그것이 그에게는 너무나 어려운 일입니다. 몇 번을 흔들어 깨워도 일어나지 못하는 동지를 들쳐업고, 당신은 이곳을 빠져나가기로 결심합니다. 하지만 그 얼굴은 이미 혈색 없는 납빛이며 몸은 죽은 사람처럼 무겁습니다.

분명 당신은 혼자였는데 어느새 다른 동지들이 하나둘 귀신같이 다가와 귓가에 속삭입니다. 안 돼. 지금은 안 돼. 두고 가야 해. 당신은 다시 주위를 둘러봅니다. 아무도 없습니다. 그들의 목소리, 그 잔영만이 귓가에 남습니다. 다시 와서 찾으면 돼. 그러면 돼. 지금 붙잡혀서는 안 돼. 그런 걸까. 정말 그래도 되는 걸까. 당신은 이미 깊이 잠든 친구 얼굴을 바라봅니다. 당신은 눈을 감습니다. 당신은 다시 눈을 뜹니다. 당신은 고개를 젓습니다. 당신은 주저합니다. 당신은 망설입니다. 돌아오면 돼. 당신은 무겁게 몸을 일으킵니다. 당신은 자리에서 일어섭니다. 돌아오기만 하면 돼. 당신은 돌아섭니다. 그러면 돼. 뒤돌아 당신은 걷습니다. 무겁게 걷기 시작합니다. 졸려. 잠이 와. 잠이 온다고. 당신은 돌아봅니다. 아니야. 지금은 안 돼. 당신은 뿌리치며 걸어갑니다. 돌아오겠다고 너를 찾으러 반드시 돌아오겠다고 필사적으로 당신은 되뇝니다.

도망치기 위해 그들로부터 달아나기 위해 겨우, 간신히, 당신은 동지를 잊습니다. 오직 잊어야만 빠져나갈 수 있습니다. 그것만이 길입니다. 그것만이 길이라는 사실이 당신을 아프게 합니다. 당신은, 완전히 혼자가 된 당신은, 드디어 문을 찾아 조심스레 문손잡이를 돌립니다. 문은 오직 바깥에서만 잠글 수 있도록 만들어졌는데, 무슨 일인지 문이 열립니다. 그런데 문밖에 문이 또하나 있습니다. 당신은 다시 문을 엽니다. 거기 또다른 문이 있습니다.

당신이 문을 열고 또 열어도 바깥으로 통하는 문은 결코 나오지 않습니다.

오직 출구 없는 복도만이 이어집니다.
오직 창문 없는 밤만이 이어집니다.

바닥과 벽과 천장이 모두 하얗게 칠해진 방. 그곳에서는 아무리 잠을 청하려 해도 시간이 사라져 하루하루를 구별할 수 없습니다.

바닥과 벽과 천장이 모두 붉게 칠해진 방. 그곳에서는 아무리 많은 피를 쏟는다 해도 그 색채를 구별할 수 없습니다.

한 개의 세면대와 욕조, 변기, 거울로만 이뤄진 방.
마주볼 수 있는 두 개의 의자.
그 사이, 움직이지 못하게 고정된 사무용 책상.

그곳을 벗어나고자 하는 자는 오직 공포에 사로잡힌 자기 얼굴만을 끝없이 바라봐야 합니다. 공포는 사람을 길들이고, 포획된 자는 아무 이유 없이도 그렇게 서서히 미쳐가는 것인지 모릅니다.

*

이곳에서는 우리가 가장 바깥이니까.
너는 결국 굶주리고 겁먹고 비겁한 네 얼굴을 마주하게 될 것이다.

너는 자신의 공포 앞에 무릎 꿇고 영원히 굴복하게 될 것이다.

따라오지도 않고 그들은 거기 있습니다. 미로의 가장 안쪽에, 킬킬거리며 귀신처럼 서서, 그들은 당신들의 항복만을 손꼽아 기다리고 있습니다.

*

당신들 왜 얼굴 없이 거기 있습니까.

문을 열어도 꿈은 계속됩니다. 공원 벤치에서 신문지를 덮고 잠든 당신을 흔들어 깨우는 남자들 앞에서, 눈을 감았다 떠도 세계는 계속됩니다. 왜 여기서 자고 있는 겁니까. 일어나세요. 밤사이 내린 이슬을 맞고 한기에 몸을 떨며 당신은 일어납니다. 당신은 말이 없습니다. 당신은 말할 수 없습니다. 당신은 왜 말할 수 없는가? 당신은 왜 이곳에서 잠을 자고 있는가 당신은 왜 집에 들어갈 수 없는가 당신은 왜 도망다녀야 했는가 당신은 왜 그때 혼자여야 했는가 당신은 왜 어렵게 들어간 학교를 졸업할 수 없었는가 당신은 왜 어머니 때문에 아버지를 저버리고도 어머니마저 저버린 아들이어야 했는가 당신은 왜 그렇게 부모 뜻을 저버린 아들이어야 했는가 당신은 왜 이름을 숨기고 학력을 숨기고 거짓 이력서를 만들어 공장에서 일해야 했는가 당신은 왜 주당 팔십 시간 넘게 일하는 노동자들이 계속 그렇게 살도록 내버려두지 못했는가 당신은 왜 그들에게 더는 이렇게 살아서는 안 된다 인간답게 살아야 한다 인간일 권리를 찾아야만 한다고 그토록 말하고 또 말하려 했는가 당신은 왜 임금 체불을 당하고 철야 수당을 받지 못하고 손가락 팔다리가 잘리는 산재를 당하고 언제든 해고당한다 해도 아무 말 못하고 쫓겨날 사람들 죽어도 모를 당신과 아무 상관 없는 사람들 잘 알지도 못하는 그 사람들을 왜 도와주려 했는가 판사도 검사도 변호사도 법무사도 회계사도 아닌 당신, 당신은 왜 법률을 공부했는가 당신 정체를 밝히시오 당신은 자유민주주의자입니까 당신은 공산주의자입니까 신문지로 표지를 감싼 마르크스를 읽는 수상한 당신, 당신은 빨갱이입니까 당신은 반동분자입니까 정체를 밝히라 지금 당장 너의 모든 것을 말하라 당신은 고개 숙이고 당신은 주머니에서 담배를 꺼내 물고 그들 중 누군가 당신에게 불을 건네고 당신은 희미하게 웃으며 그러다 말없이 고개를 끄덕이며, 연기 속에서 당신은 걷습니다.

붙잡히지 않기 위해서, 지금은 집에 갈 수 없기 때문에, 나를 기다리는 사람들이 있는 그곳으로 갈 수 없기 때문에, 그러나 결국 나를 기다리는 사람들이 있는 그곳으로 가야 하기 때문에, 당신의 아내, 당신의 딸, 당신의 동지, 없는 고향, 없는 부모, 그러나 당신의 조국으로 가야 하기 때문에, 돌아가기 위해 당신은 여전히 꿈속을 헤맵니다.

*

계십니까.

남자는 흰색에 가까운 옅은 하늘색 남방을 입고 있다. 소매길이가 어깨와 팔꿈치 한가운데쯤을 덮는 반팔이다. 바지는 한가운데 세로로 주름이 잡혀 있는 여름용 회색 정장이다. 검은색 정장 구두를 신었다. 특별할 것 없는 구두다. 평범한 윗옷이다. 평범한 바지다. 시내 어디서나 쉽게 마주칠 수 있는 중년 남자다. 그의 차는 검은색 지프다. 이 차의 차종만이 그가 그의 옷차림처럼 평범한 사람은 아니라는 사실을 말해준다.

그는 녹색 대문 앞에 차를 멈춰 주소를 확인한다. 종이에 써둔 주소와 대문 앞 명패에 적힌 주소가 정확히 일치한다. 검은 지프 위에 올려둔 램프를 내려 운전대 앞에 놓아두고 차문을 닫는다. 대문 옆에 있는 초인종을 몇 번 눌러본다. 고장이 난 건지 저편에서는 아무도 답하지 않는다. 그는 문을 열어본다. 잠기지 않은 문안으로 한 발짝 들어선다. 보랏빛 등나무 넝쿨이 무성하게 그 입구를 감싸고 있는 세계 안으로.

계십니까. 마당 한쪽에 묶어둔 개 두 마리가 번갈아 짖기 시작한다. 멈추라는 명령에도 개들은 이빨을 드러내고 으르렁거리길 멈추지 않는다. 마당으로 들어서자 대나무 통발이 반쯤 내려진 안채가 보이고 그 집 넓은 마루에 여자아이 하나가 앉아 있다. 아이가 일어선다. 일어서 물끄러미 남자를 쳐다본다. 겁이 없는지 경계하는지 알 수 없는 모습이다.

남자는 자신을 손님이라고 말한다. 손님은 말한다. 어른 안 계시니. 아이가 고개를 저으며 답한다. 지금은 아무도 안 계세요. 그럼 언제 오시는지 아니. 아니요. 엄마는 어디 멀리 가셨니? 모르겠어요. 너, 똑똑하구나. 몇 살이니. 아이는 입을 다문다. 남자는 뒷주머니에서 지갑을 꺼내고 아이에게 돈을 건넨다. 앞에서 아이스크림을 사오라고 말한다. 아이가 망설이자 그는 다시 돈을 내민다. 아이는 남자가 쥐여준 돈을 들고 마지못해 집 앞 상회로 달려간다.

집 앞 상회에는 쥐가 많다. 가게 안에서는 주인 여자가 요즘 자꾸 마른 오징어에서 눈 하나가 없어지고, 다리 하나가 없어져서 팔 수가 없다며 마실 온 동네 여자에게 푸념하고 있다. 그때 고양이 한 마리가 오징어 다리를 물고 밖으로 달아나고, 아줌마는 파리채를 휘두르며 고양이를 쫓아나가 씩씩거린다. 저, 저놈의 고양이 새끼. 쥐가 하도 끓어서 들고양이를 들였더니만, 저게 딱 쥐새끼가 하던 짓을 하고 앉았네. 오냐오냐 했더니 뒤통수를 쳐도 유분수지. 다시는 밥 주나봐라. 천하에 나쁜 놈. 배은망덕한 놈. 확 차에 치여 죽어뿌러라. 아줌마는 거리에 물 한 바가지를 끼얹는다.

정작 그 거리에서 차에 치여 죽었던 것은 그애 집에 살던 흰 개였다. 야채 가게 아줌마가 버린 흰 개 까불이. 까불이는 자기가 태어나 살던 야채 가게에 있기보다 아이네 집에 자주 놀러오는 듯하더니 어느 날부터 눌러앉아 다시는 제 집으로 돌아가지 않은 개였다. 어머, 너 자꾸 어디 갔나 했더니 여 있었구나. 아줌마가 개를 발견했을 때 개는 뒷걸음질치듯 안으로 안으로 숨어들어 나가려 하지 않았고 평상 아래를 들여다보면 새카만 두 개의 눈동자만이 어둠 속에서 반짝이고 있었다. 까불아, 집에 가자. 아줌마는 쭈그리고 앉아 개를 살펴보았다. 까불아, 집에 안 가냐. 좋다는 건지 싫다는 건지 저 밑에서 꼬리치며 낑낑대는 소리는 들리는데 개는 끝까지 밖으로 나오지 않았다. 아줌마는 힘겹게 몸을 일으켜세우며 누구한테 하는지 모를 소리를 했다. 이놈이 아주 살림을 차렸네. 엄마는 난처해하며 이따가 개를 그리로 보내겠다고 하고 아줌마는 충치 때문에 이가 빠져 잇새로 바람 새는 말투로 말했다. 아주머니, 이놈이 하루이틀 여기 온 게 아닌가보네. 여기가 좋은가보니 그냥 여서 쭉 키우소. 까불이는 그렇게 찾아온 개였다. 아이는 물을 뿌려 반짝이는 길 위에서, 그 개의 모습이 보이는 듯해 손등으로 두 눈을 비빈다.

몇 달 전, 이곳에서 까불이는 죽었다. 세상 무서운 줄도 모르고 평소처럼 고개를 쳐든 채 유유히 길을 걷다가 눈 깜짝할 새 달리던 차에 치였다. 컹, 컹. 까불이는 한 번도 들어본 적 없는 높은 소리로 길게 두 번 울었다. 차는 멈췄는데 여전히 차가 제 뒤를 쫓기라도 하는 듯 개는 무서운 기세로 순식간에 저 먼 텃밭까지 달려가더니 곧 비척이며 가게로 돌아왔다.

엄마는 죽어가던 까불이를 보듬어 안았다. 눈에 항상 눈곱이 끼어 있거나 눈물이 고이는 듯했던 그 개는 그날 정말로 울고 있었다. 엄마는 까불이의 흰 털을 쓰다듬으며 귓가에 무언가를 속삭였다. 아이는 그날 일기장에 이렇게 적었다. 까불이가 차에 쳤다. 이모네 개 순돌이가 신나서 겅중겅중 뛰다가 내가 화단에 심은 봉숭아를 망쳤다.

주인아줌마가 상회 앞 평상에 앉아 다른 아줌마들과 참외를 깎아 먹는 동안, 아이는 가게 안에서 조심스레 주위를 둘러본다. 한쪽에는 봉지에 든 과자들, 다른 한쪽에는 상자에 든 쿠키들, 그 한가운데로 풍선껌, 별사탕, 알사탕, 새콤달콤 캐러멜 같은 작은 물건들이 놓여 있는 낮은 선반이 있다. 아이는 그 선반에서 풍선껌 하나를 집어 호주머니 속에 아무렇게나 쑤셔넣는다.

아이는 자기가 물건을 사러 자주 오기 때문에, 주인집의 친척이기 때문에, 모범생이기 때문에, 엄마 말을 잘 듣기 때문에 설령 아무것도 사지 않고 그냥 돌아가는 날에도 아줌마가 자신을 의심하지 않는다는 것을 안다. 아이는 냉동 칸에서 아이스크림 두 개를 꺼내고 가게 앞 평상으로 가서 남자가 준 지폐를 내민다. 한쪽 무릎을 접고 앉아 있던 아줌마가 전대를 끌러 동전 몇 개를 돌려준다. 참외 하나 먹으라고 권하는 아줌마에게 아이는 고개를 저으며 괜찮다고 말한다.

아이가 채 돌아서기도 전에 누군가 아이 이야기를 꺼내고, 아

No. 1

뽀삐야, 까불아, 잘 가

신도 초등 학교

5의3 장혜령

나는 개를 메우 좋아한다. 그래서 개와 이야기도 나눌 수 있다.

지금 사귀는 개도 많지만 그 중에서도 제일 기억나는 개는 몇해전에 죽은 뽀삐와 까불이 이다. 이름은 우습지만

10×20

No. 2

서로를 사랑하는 마음을 가지고 있는 모녀개들 이었다.

벌써 몇 년 전에 있었던 일이다.

어렸을 때 살다가 이곳에 다시 이사를 왔었다.

그 때가 내 나이 일곱 살이었다.

전에 여기 살았었기 때문에 뽀삐는 날 알아보고 좋아했었다.

그 해 겨울 뽀삐가 추워보여서 하루는 어머니께서 운영하시는 옷수선가게

10×20

No. 3

에 들어오게 했다. 너무 좋은지 들어와
“언니. 고마워.”
하며 난로 앞에 앉아 있으며
‘여기가 천국이구나.’
하는 듯 눈을 껌벅거렸다.
겨울이 어느새 지나가고 다음 해
봄이 되었을 때 뽀삐가 보이지 않았다.
“이상하다. 어디 갔는까?”
두리번거리며 궁금해서 찾기도 하였지
만 우리집 개가 아니어서 별로 신경 쓰

10×20

No. 4

지 않았고 내 기억 속에서 약간씩 잊혀
져 갔다.
그러던 어느 날 우리 가게 앞에 뽀삐
가 나타났다. 어떤 하얀색의 마른 개와
함께 였다.
처음에는 그 눈부신 흰 털의 개가
누군지도 몰랐지만 소문으로 뽀삐의 자
식이 바로 그 흰 털의 개이고, 이름은
까불이라는 것을 알아냈다.
또 겨울이 되자 뽀삐는 우리 가게로

10×20

No. 5

들어왔다.

하지만 까불이는 내가 혀를 차며

"어서 들어 와."

라고 해도

'엄마를 따라 들어 갈까? 말까?'

고민하며 들어오지 않았다.

며칠이 지나자 들어왔지만 조금 있다가는 두려운지 왔다갔다하며 부산을 떨어서 나가게 해 주었다.

한 달쯤 지나자 적응이 됐는지 한시

No. 6

간동안 앉아있다가 나갔다. 이제는 날 보며 꼬리까지 흔들었다.

"언니는 나를 가두려고 하는 것이 아니군요."

하고 말하는 것 같았다.

다음 날이었다.

보통때와 다름없이 뻐삐와 까불이가 왔다. 그런데 둘이 마주 앉아서 어미인 뻐삐가 자식인 까불이의 눈에있는 눈곱을 떼어 주는 것이었다. 더럽게 보이는

No. 7

는곰을 입으로 떼어주고 핥아 주는 모습을 보고

'동물에게도 사랑하는 감정이 있구나 해고 탄복했다.

또 이런일도 있었다.

어미인 뻐삐가 자기 먹을것을 까블이에게 나누어 주는 것이다.

그것을 보고

'어미가 자식을 사랑하는것은 사람이나 같구나.'

No. 8

해고 생각했다.

그 후 시간이 흘러서 까블이는 야채를 파는 작은 스텝트럭에 치여서 교통사고를 당해 죽고, 뻐삐는 생사를 모른다.

이제는 뻐삐도 죽어서 까블이와 같이 하늘나라에 가 있겠지만 그 두모녀의 사랑은 잊혀지지 않을 것이다.

뻐삐와 까블이와의 이별은 죽음으로 이별한 것이라 가장슬픈 이별일 것이다.

줌마가 답하는 소리가 들린다. 저기 이모네 집 애기. 큰이모네? 그 집 애들 다 큰 거 아니고? 아니, 이모네 동생. 아아, 저 집. 근데 저 집 애기 엄마는 있다가도 없다가 하고 아빠는 통 안 보이대? 애기 아빠는 어디 갔대? 언제나, 돌아서기도 전에 어른들은 아이가 눈에 안 보이는 것처럼 이야기한다. 아니 그애가 보이긴 보이는데 반쯤만 보이는 것처럼 이야기한다. 소리 낮춰 쉬쉬하며. 쯧쯧 혀를 차며. 아이는 아무것도 듣지 못한 척 어른들 이야기를 주워듣는다. 눈먼 이야기들을 훔쳐온 오늘은 평소보다 호주머니가 무겁다. 그애는 도둑질을 좋아한다. 왜냐하면 그 일은 자신만의 비밀을 갖는 일이기 때문이다. 왜냐하면 그 비밀은 어른들도 친구들도 경찰들도 결코 알아낼 수 없기 때문이다.

*

두 사람은 거리를 두고 나란히 앉아 이 집의 주인이 오기를 기다린다. 주인은 오지 않는다. 주인은 오지 않을 것이다. 오늘 중으로, 내일 중으로도. 이 집에는 주인이 없다. 그러나 우리는 기다린다. 얼음을 꺼내면 곧바로 물이 되어 흐르는 여름이다. 남자는 허락도 없이 수돗가에 가서 찬물을 틀고 끈적이는 손을, 목과 이마를 물로 적신다. 뒷주머니에서 손수건을 꺼내 물기를 닦는다.

마당에는 개미가 많다. 아이는 안채 마루 아래 돌바닥에 설탕

물을 떨어뜨리고 그리로 모여드는 개미들을 본다. 설탕물에 빠져 헤어나오지 못하는 개미 한 마리를 바라본다. 하지만 바닥에 떨어진 물은 고이지 않고 퍼져나간다. 허우적거리던 개미는 이내 끈적임의 덫에서 헤어나고, 몰려온 다른 개미들과 함께 단물을 퍼다 또다른 개미들에게로 나른다. 그것이 그들의 삶 그들의 숙명이기 때문이다. 그들은 삶을 이해하려 한 적이 없다. 그들은 자신의 삶을 받아들였다.

낯선 남자는 말이 없다. 칼도 없고 총도 없다. 조용히 하라는 명령을 받은 개들은 소리내 짖지는 않는다. 하지만 낯선 남자가 마당에서 움직일 때마다 으르렁거리는 시늉을 한다. **알고 있어요. 나도 알고 있어요.** 남자는 우리들에게 조용히 미소 짓는다. 세계의 지배자처럼, 우리의 언어를 앗아가버린 사람처럼. 희고 고르게 난 이를 드러내 보이며 그는 웃는다. 그 장면에는 소리가 없다.

*

마루 앞 댓돌에는 여자 신발 한 켤레와 남자 신발 한 켤레가 놓여 있습니다. 아버지와 어머니는 아닙니다. 사촌도 가정교사도 아닙니다. 이웃들도 아닙니다. 나는 이모에게 밖으로 나가서 놀라는 명령을 받았습니다. 그러나 나는 갈 곳이 없습니다. 나는 고무줄을 잘하지 못하기 때문입니다. 나는 딱지치기 구슬치기 비석치기를 못하고 나는 발야구를 공놀이를 수영을 못하기 때문입니다. 나는 가게를 봐야 하고 나는 전화를 받아야 하고 나는 숙제를 해야 하고 나는 시간이 있다 해도 넘치는 그 시간이 언제나 두렵기 때문입니다. 나는 산 들 강 바다 수영장에 가본 적이 없기 때문입니다. 이 세계에서 경험이 없다는 것은 부끄러운 일, 쉽게 탄로나고야 마는 정체. 나는 언제나 먼 곳에서 온 전학생이기 때문입니다.

마당에는 개미떼가 많습니다. 짙푸른 녹색 이끼가 끼어 있는 수돗가에, 개들이 쇠사슬로 묶여 있는 말뚝 근처에, 기름진 잎과 열매 달린 대추나무와 사철나무 감나무가 있던 꽃밭 아래, 큰 돌을 들어올리면 일개미 무리들이 일렬종대로 서로에게 무언가 전달하는 장면을 볼 수 있을 것입니다. 누군가에게 은신처가 발각되었다는 사실을 더듬이로 교신하며 서둘러 흩어지는 모습 또한 볼 수 있을 것입니다.

나는 살아 있는 검은 개미들을 한 마리씩 잡아서 큰 대야에 담습니다. 개미 한 마리는 여섯 개의 다리. 개미 두 마리는 열두 개의 다리. 이윽고 육백 개의 다리들이 엉켜서 서로의 몸을 밟고 지나가는 광경이 있습니다. 수돗물을 틀어 대야에 붓습니다. 육백 개의 다리들이 버둥거립니다. 육백 개의 다리들이 허우적거립니다. 소리는 들리지 않습니다. 버둥거리는, 허우적대는 움직임만이 있을 뿐입니다. 나는 더 많은 물을 흘려 붓고, 물위로 떠오른 개미들이 다시 잠기도록 나뭇가지로 물을 잘 섞습니다. 그래도 개미는 다시 떠오릅니다. 물을 더 흘려 붓습니다. 개미를 잡아 다리를 하나씩 떼어내고는 물속에 다시 넣습니다.

남자의 조용하고 낮지만 이따금씩 날카롭게 파고드는 음성, 거기에 중간중간 섞여드는 여자의 고백하는 읊조리는 탄식하는 듯한 음성이 있습니다. 바람이 불지 않아 정체된 한여름의 대기가 있습니다. 저녁 시간이 다가오지만 밥 짓는 냄새가 나지 않는, 아궁이에서 굴뚝 위로 연기가 솟아오르지 않는 오후가 있습니다. 분명 사람은 어디에도 없는데 집안 사물들이 숨죽여 듣고 있는 시간이 있습니다. 마루에는 거대한 괘종시계가 있어 시간마다 종소리를 울리고, 시계의 분침과 시침이 서서히 멀어졌다 한 점에서 마주친 뒤 다시 자신의 방향으로 회전해나가는 매 시간을, 그저 바라보아야만 하는 부드럽고도 격렬한 기억이 있습니다.

나는 공부를 해야 합니다. 이 낯선 남자를 이기기 위해, 이 순간 이 시간을 살아 이겨내기 위해 공부를 해야 합니다. 격자무늬가 흐리게 새겨진 노트를 펼쳐놓고 나는 글씨 쓰기 연습을 합니다. 가는 가, 나는 나, 다는 다. 가는 가위, 나는 나비, 다는 다람쥐. 다 쓴 모나미 볼펜대를 몽당연필 뒤에 끼워 긴 연필을 만들고 그 연필로 나는 씁니다.

나, 너, 우리.
어머니, 아버지.

우리는 학교에 갑니다.

안녕하세요?

바람이 불었습니다.

새들이 노래합니다.

봄이 왔습니다.

어느새 가족처럼 익숙해진 그 남자 목소리가 가까이서 들려옵니다. 그는 내 등뒤에 서서 말하기 듣기 교과서를 따라 읽으며 문장들을 불러줍니다. 그러곤 공책을 내려다보며 말합니다.

너는 쫓기는 사람처럼 글씨를 쓰는구나.

글씨를 흘려 써서는 안 된다고, 마음을 가다듬고 한 자씩 똑바로 써야 한다며 그는 글씨들을 살펴보고 교정해주겠다고 말합니다. 나는 경찰이 싫고 경찰의 옷을 입지 않고 경찰 아닌 척하는 경찰이 싫고, 나는 경찰이 밉고 경찰의 옷을 입지 않은 경찰 아닌 척하는 경찰이 밉습니다. 나는 공책을 덮습니다. 개들이 자리에서 벌떡 일어섭니다. 마침 사촌들이 학교에서 돌아오고, 개들은 꼬리를 흔들며 기세등등하게 짖기 시작합니다. 남자는 마지못해 일어섭니다. 금니를 해넣은 이를 환하게 보이며 내게 인사를 건넵니다.

또 보자.

*

친구들은 고문을 당했지. 아빠도 그런 시간이 있었어. 하지만 좀더 마음이 약한 아빠 친구 한 분은 그걸 힘들어했단다. 아저씨는 경찰에 풀려나서도 오랫동안 아팠지. 아무것도 못하고 집에 누워 있어야 했어. 결혼도 못했고 친구도 못 사귀었고. 그러니까 아저씨 엄마가 할머니가 돼서도 아저씨를 계속 돌봐야 했겠지? 할머니는 아주 힘이 들었겠지? 할머니는 아저씨가 다 나아서 남들처럼 장가도 가고 행복하게 살았으면 하셨지만 아저씨는 잘 낫지 않았어. 물론 아저씨도 노력을 하셨지.

그래, 오래전에 장가도 한 번 가시긴 하셨단다. 하지만 잘되지 않았어. 아저씨랑 결혼한 아줌마가 아저씨를 힘들어하셨거든. 아저씨가 갑자기 운동하러 간다고 뭘 사러 나간다고 집을 나가서 안 돌아오거나 맨날 머리가 깨질 것처럼 아프다 어디서 이상한 소리가 들린다고 아무데서나 고함치고 물건을 집어던지는 일도 있었다고 하니까. 너도 같이 사는 사람이 그러면 힘이 들겠지?

그래.

하지만 그건 어쩔 수 있는 게 아니었어.

아저씨는 다시 집으로 돌아와서 예전처럼 누워 계신단다. 아저씨는 그때를 견딜 수가 없었던 거야.

오래 마음이 아팠던 거야.

동지들이 그를 찾아도 그가 그들을 기억하지 못하거나 만나기를 거부하는 날들이 이어졌습니다. 당신은 빠져나오지 못한 동지를 구하기 위해 그 집으로 찾아갔던 마지막 사람이었습니다.

내가 왔어. 너무 늦었지.

하지만 이제 왔어.

내가 왔다고.

일어나. 어서 돌아가야지.

그날은 동지가 함께 학교 다니던 예전 그때 어느 날로 잠시 돌아와, 당신에게 만남을 허락한 날이었습니다. 당신은 동지의 손을 꼭 붙잡았습니다. 동지 역시 당신의 손을 맞잡았습니다. 그의 얼굴에서 눈물이 흐르고 있었습니다. 비록 한순간이었지만 당신들은 그날, 그때, 그곳으로 돌아갔습니다.

수업에 들어가지 않고 잔디밭에 앉아 초록을 느끼던 오후가 있었습니다. 다가올 시위를 준비하며 몇 끼니를 거른 뒤에야 허겁지겁 입속으로 빵조각을 털어넣을 수 있던 아침이 있었습니다. 투쟁가를 부르며 조국의 새날을 위한 연대의 계획을 세우다 술을 마시던 긴 밤이 있었습니다. 열악한 환경에서 착취당하는 노동자들을 일깨운다면 앞으로는 그들과 함께 싸울 수 있으리라. 노동자를 값싼 임금으로 부리고 부품처럼 그들을 갈아치우는 자본가들을 몰아내 우리 민중의 나라를 세울 수 있으리라. 독재자 대통령을 몰아내고 새날이 올 때까지 이 한몸 바치리라. 다짐하며 새벽빛 속에 깨어나던 시간이 있었습니다.

그런데 나는 안 가.

나는 갈 수 없어. 잠이 와. 자꾸만 잠이 온다고.

동지는 눈물 흘리며 도저히 일어날 수 없다고, 참을 수 없이 잠이 온다고 말했습니다. 꿈속에서도 욕하는 소리 발길질하는 소리가 들려와 그는 자면서도 손발을 떨었습니다. 그 오랜 오후는 죽는 날까지도 영원히 계속되었습니다. 그는 자신을 지배하던 싸늘한 잠 속으로 서서히 걸어들어갔습니다.

두려워.

사람들이 나를 잡으러 오고 있어.

나는 안 가. 절대로 다시 가지 않을 거야.

빛이 잘 들던 어느 오후, 해가 다 저물도록 불 켜지 않은 방에 누워, 그 방 작은 창으로 들어온 태양빛이 사위어가는 모습을 가만히 바라보던 한 남자. 매해 봄꽃이 필 때면 코끝에 와닿는 그 향기, 눈부신 색채의 찬란함을 견디지 못해 빛이 다 사라질 때까지, 베란다에 있는 모든 화분에 불을 지르고는 타오르는 꽃의 혼을 킬킬거리며 바라보던 한 남자. 꽃이 재가 되어 흩날릴 때에야 두 손으로 머리를 감싸쥐고 웅크린 채 고통스러워하던 한 남자. 미처 빠져나오지 못한 채 스스로 문을 잠그고 그곳에 남아 있던 한 남자를, 나는 오래 기억하고 또 기억했습니다.

*

친구에게.

오래전부터 나는 생각했었지.
말하고 싶었어.
술집, 카페, 강의실에서
형사와 마주앉았던 그 방에서조차

바라보기 위해
우리 사이에 테이블이, 바다가
놓였다고

마주앉기 위해
그렇게도 멀리 떠나야만 했던
그래서 출렁였던 사람을
파도를
쓰라리다는 말을

나는 꼭 이해하고 싶었어.
이제, 그곳에 가서
이야기할게.

모든 것을.

이 모든 것을.

6장

지상의 꿈은 혼들의 거처입니다

말해다오.

이모와 함께 살던 그 옛날식 양옥에는 녹색 대문이 있고, 녹색 대문을 열고 들어서면 입구에 거대한 등나무가 있었다. 어느 여름, 등나무 덩굴이 그 보랏빛 손을 열어 내 입을 틀어막은 것을 아무에게도 말하지 않았다.

말해다오.

학교에 가면, 같은 반 아이들은 어디서 가져왔는지 출처를 알 수 없는 삐라를 보여주었고 이것을 선생님에게 제출하면 칭찬을 받는다고 했다. 한국전쟁 때 유년을 보냈을 늙은 선생은 귤껍질을 모아 바싹 말린 뒤 우리에게 차를 끓여주었고 곤로 위 낡은 쇠주전자에서는 겨울 내내 귤껍질 타는 냄새와 썩은 장작 냄새가 뒤섞여 교실을 채우곤 했다. 그는 받아쓰기를 제대로 못하는 학생들을 바닥에 엎드리게 한 다음, 각목 같은 매를 들어 어린 학생들에게 한글을 일깨우려 했다. 우리는 다 함께 엎드려 겁에 질린 채 삐걱이는 나무바닥을 바라보았다. 낡은 가죽으로 된 반짝이는 구두코를 보았다. 우리는 자유민주주의 국가다, 우리는 공산당을 때려잡아야 한다고 선생은 거듭 말했다. 반공은 통일이란 낱말로 바뀌었지만 우리는 반공과 통일을 잘 구분하지 못했다. 숙제로 통일 포스터 그리기를 해야 할 때 아이들은 집에 가서 엄마 아빠에게 그림을 어떻게 그려야 하는지 물었다. 엄마 아빠도 어떤 그림을 그려야 하는지 잘 몰랐다. 그래서 어떤 아이들은 여전히 입과 코와 눈에서 붉은 피 흘리는 북한 군인들을 그렸고 그 옆에 흰옷을 입고 파란 눈물 흘리는 가엾은 북한 사람들을 그렸으며 어떤 아이들은 공산당이 싫어요, 라는 표어를 굵은 글씨로 써왔다. 나쁜 공산당에 여자가 있고 아이가 있고 그들이 인간일 수 있다는 상상을 하지는 않았다.

다음해부터 뭔가가 확실히 바뀌었다. 자유통일 평화통일 표어를 쓰고 북한 어린이와 남한 어린이가 함께 손잡은 그림을 그려야 했다. 남한 사람들과 다정히 손을 잡으려면 북한 군인들이 피를 흘려서는 안 되니까 머리에 꽃을 꽂은 여자아이와 총 없이 웃고 있는 남자아이를 그렸다. 같은 반이었던 한 소녀는 미술시간에 선생님 몰래 내게 귓속말을 했다. 너는 그림을 잘 그리잖

아. 선생님이 작년까지는 공산당이 조금 나쁜 거였는데, 올해부터는 그렇게 하면 안 된다고 그래서, 이제는 어떻게 그려야 해? 네가 그린 그림 좀 보여줘.

말해다오.

매년 학기 초에는 가정환경조사서를 써야 했고 희지도 검지도 않은 회색빛의 찢어지기 쉬운 종이 한 장 앞에서 늘 망설이곤 했다.

이름

본적

주소

전화번호

가족 이름/ 가족 관계/ 나이

아버지의 최종 학력

어머니의 최종 학력

아버지의 직업

어머니의 직업

기타

비고

다른 아이들이 지켜보는 자리에서 한 사람씩 일어서서 이 항목을 나열하는 발표가 이어진다. 나는 거짓을 말한다. 나는 진실을 말한다. 나는 거짓을 말한다. 아버지는 봉사를 합니다. 아버지는 나라를 위한 봉사를 하고 있습니다. 아이들은 그게 무엇이냐고 묻는다. 선생님은 소란을 수습하며 부드러운 목소리로 아이들을 타이른다. 나중에 말해주겠다고 출석부로 교탁을 두드리며 나를 자리에 앉힌다. 쉬는 시간을 알리는 종이 울리고, 아이들은 떠들거나 공기놀이 또는 숨바꼭질을 시작하고, 축구를 하거나 싸움 구경을 한다며 우르르 몰려나가고, 남아 있던 아이들은 이상한 말을 적은 여자아이를 놀리기 시작하고, 책상에 엎드려 우는 여자아이를 비난하며 지칠 줄 모르는 욕설이 이어지고, 다시 수업이 시작되면 선생님은 칠판에 무언가를 적어나가고, 아이들은 공책에 새겨진 가는 줄 위에 그 말을 따라 적거나 받아쓰고, 다시 종이 울리고 분단별로 청소를 하고 종례가 끝나면 반장이 차렷 경례를 외친다. 감사합니다. 안녕히 계세요. 아이들은 가방을 싸서 삼삼오오 집으로 향한다.

주번 아이 하나가 칠판을 닦고 지우개를 털다가 창밖을 쳐다본다. 새들이 일제히 열을 지어 날아가고 있다. 우두머리인 듯한 새 한 마리가 앞장서 날고 무리 속 다른 새들이 일정한 간격을 두고 두 줄로 그 뒤를 따른다. 가장 느리고 어린 새 한 마리가 대열을 벗어나 날고 있다. 어린 새는, 무리로 합류하기 위해 서두른다. 목적지에 닿기 위해 그들은 앞으로도 먼길을 가야만 한다.

그들에게는 지도가 없다.

그러니 그들이 가는 길, 그들이 닿고자 하는 길, 그들 자신이 곧 그들의 지도가 될 것이다. 주번 아이는 시야에서 마지막 새가 사라질 때까지 그것을 본다. 마지막으로 다음주 주번 이름을 칠판에 적는다. 집에 가기 전 교실을 한 번 돌아보고는 아무도 없는지를 확인하고 불을 끈다.

말해주지 않고
아무도 나에게 그것을 말해주지 않고

말하지 않고
아무것도 말하지 않고

나는
텅 빈 교실에서
혼자, 비상하는 새의 내부에서 울리는 듯한
바람소리를 들으며
앉아 있습니다.

수십 년의 시간이 지났습니다.
여전히 그곳에서, 기다리고 있습니다.

*

아버지.

아버지를 만나야 한다고 생각했던 건, 정말이지 갑작스러운 일이었다. 여느 날과 다름없이 집에 들어섰을 때, 나는 우리집 밥상 앞에 앉혀져 머지않아 다가올 아버지의 퇴직 이야기를 들었고, 자발적으로 회복할 수 없는 부모의 빈곤, 지속적인 월세 지출로 인해 거처를 옮겨야 할지에 대한 고민, 미래에 대한 막연하면서도 뚜렷한 염려, 그러나 이직을 위해 노력하겠다거나 다시 새로운 일을 배우기 위해 최선의 노력을 다하겠다는 다짐, 너는 하루라도 빨리 외국어를 익혀 다른 나라로 떠나라는 이야기를 듣는다. 초기 정착금은 마련해줄게. 우리가 너를 도울 수 있는 길은 그것뿐이다. 이곳을 떠나라. 더 늦기 전에.

아버지 어머니의 옛 동지들 역시 내게 밥 한 끼를 사준 다음이면 그렇게 말하곤 했다. 너희 어머니 아버지는 그 어려운 시간 참고 견디고 남한테 손 한번 안 벌리고 훌륭하게 살아오셨지만, 우리나라는 그런 사람들을 기억해주는 나라가 아니잖니. 너도 알다시피 엄마 아빠가 너에게 해줄 수 있는 게 아무것도 없고. 나는 네가 외국 가서 공부하고 거기서 잘살면 좋겠구나. 더 늦기 전에.

더 늦기 전에, 아버지는 영어를 배우기 시작한다. 이십여 년

전 그가 감옥에서 출소하고 일을 찾지 못하고 있을 때 딸아이에게 공집합을 가르치던, 수학의 기본 개념인 공집합도 이해하지 못하던 딸의 눈에서 눈물을 쏟게 한 그 앉은뱅이책상 앞에 앉아서 말이다. 아버지는 그 자리에 앉아 외국어를 공부한다. 온 힘을 다해. 필사적으로. 학비가 낮은 최고 국립대학 법대로 진학하기 위해 필사적으로 애쓰던 열아홉 그때처럼. 아버지가 되기 전 아들이었고 소년이었던 아버지는 상급 영어와 수학에서 언제나 뛰어난 성적을 받던 학생이었다. 이제 그 늙은 학생은 사십 년이 지난 어느 새벽 잠에서 깨어나 외국어로 된 낯선 남자와 여자 목소리를 들으며 돋보기안경으로 답안을 확인한다.

—메리는 요즘 회사에서 무엇을 합니까.

—톰은 아마 잘 지내고 있겠죠. 이번 휴가는 어디로 갈 예정인가요.

—부의 재분배냐, 경제적 성장이냐.

—우리가 보다 성공적인 삶을 획득하기 위해 필요한 것은 무엇입니까.

*

어느 날, 아무도 없던 어둑한 집에서였다.

얇은 새시 문을 열면 붉은 물받이 다라이와 이십 년 된 세탁기가 가로막고 서 있던, 세탁기에서 나온 물 때문에 물이끼로 바닥이 미끌거렸던, 그래서 늘 컴컴하고 습한 동굴로 들어서는 것 같았던 그 집. 입구의 불을 켜면 모서리가 깨진 벽면의 거울이 남루를 그대로 비추기에 거의 등을 켜지 않으려 했던 그 집에서였다.

하늘빛 페인트로 칠한 나무문의 손잡이를 돌리면, 몸이 아픈 엄마가 뒤척이며 내는 신음소리. 혹은 반찬을 하며 흥얼거리는 엄마의 노랫소리. 라디오를 틀고 바느질하며 내는 혼잣말 소리. 엄마가 잠든 때면 아빠 혼자 텔레비전을 보고, 아빠가 잠든 때면 엄마 혼자 텔레비전을 보느라 줄곧 켜 있던 텔레비전 전파 소리. 보고 싶지도 듣고 싶지도 않아 고개를 떨구고 발아래만 보고 다녔던, 그러나 눈감아도 떠오르는, 눈감고도 다닐 수 있던 그 집. 내가 발 디딘 자리를 잊고 싶어 언제나 베개에 얼굴을 묻고 잠만 청하곤 했던, 여름에도 겨울에도 긴긴 낮잠 속에서 시간을 묻고 또 지워버리고 싶어했던 그 집. 그러다 혼자일 때 택배라도 오면 문을 잠그고 이불 속에서 숨죽여 부재중인 척 애쓰던 그 집에서였다.

그날 하늘색 방문은 잠겨 있었다. 문손잡이를 돌리는데 문이 열리지 않을 때의 안도감. 그리고 가슴 한편의 불안감. 이 집에서 혼자라는 걸 확인할 때마다, 나는 그토록 부재를 필요로 하면서도 두려워하는 마음이 되어 열쇠로 방문을 열었다. 그러곤 천장이 머리에 닿을락 말락 했던 형광등 불을 켰다. 실내엔 거의 햇빛이 들지 않아 그 불만은 켜지 않을 수 없기에. 흰빛은 몇 번

깜빡이더니 환하게 내부를 밝혔다.

국민학교 때부터 쓰던 밥상이 늘 펼쳐져 있던 비좁은 집. 밥상 옆 벽면에는 언제나 이런저런 메모지들이 두서없이, 그러나 나름의 질서를 갖고 배열되어 있었다. 메모지는 지난해 달력이거나 어디서 받은 전단지의 이면지였고, 메모꽂이 없던 벽지 위에 시침핀으로 꽂혀 있었다.

메모의 내용은 주로 잊지 말아야 할 일. 예를 들면 장보기, 가스불 잠그기, 문단속, 화장실 등 끄기 같은 것. 혹은 누구누구에게서 온 전화 메모. 어디에 입금할 것, 이름과 계좌번호. 밥을 먹고 가라는 엄마의 말.

그날은 평소와 달리 메모들 사이로 신문기사 인쇄물이 하나 붙어 있었다.

나는 혼자 밥을 먹다가 벽에 붙어 있던 그것을 보았다. 기사 분량이 꽤 길었기에 인쇄물은 작은 집게에 물려, 벽지 위 시침핀을 꽂은 자리에 걸려 있었다.

'긴급조치 재심' 긴급조치를 단죄하다

"오늘 이 자리는 피고인 개인에게 유신시대의 기소 내용이 무죄라는 것을 밝히는 자리이기도 하지만, 피고인에게 유죄판결을 선고한 유신시대가 폭압적인 야만의 시대였음과 아울러 그 야만의 시대가 종언을 고했음을 다시 한번 확인하는 자리이기도 하다. 재판부로서는 과거에 선배 판사들이 피고인에게 유죄 판결을 내린 사실에 대해 그들을 대신하여 사과하고, 민주주의를 향한 피고인들의 열정과 헌신적인 노력에 무한한 경의와 찬사를 표한다."

지난 8월 31일 서울북부지법에서 열린 '긴급조치 9호 재심' 재판정에서 재판장이 읽은 판결문 중 일부다. 김형국씨(74)는 전화통화에서 "34년 만에 무죄를 확정하는 김재환 부장판사(형사11부)의 판결문을 들으면서 감동의 눈물을 흘렸다"고 말했다. 김씨는 1978년 긴급조치 9호 위반으로 구속돼 실형을 살았다. 1975년 5월 13일 발동된 긴급조치 9호는 이전의 긴급조치들의 '종합판'으로, 유신헌법에 대한 비방, 개정 또는 폐지 주장을 금지했으며 이를 어길 경우 영장 없이 체포·구금할 수 있도록 했다. 김씨가 긴급조치 9호 위반으로 구속된 것은 1978년 5월의 일이다. 그는 당시 야당 지도자였던 김대중 전 대통령의 비서로 일하고 있었다. 1973년부터 가택연금 상태에 있던 김대중은 1976년 3월 유신체제를 비판하는 '민주구국선언'에 참여했다가 5년형을 받고 수감됐다. 1977년 12월에 진주교도소에서 서울대병원 201호실로 '이감'됐다. 창문을 폐쇄해 빛이 들어오지 않는 병실을 20여 명이 감시했다. 면회는 하루 한 번 허용됐다. 김씨는 이 시절 점심을 준비해 문병하는 이희호 여사를 수행했다. 김씨는 1978년 5월에 한국 민주화를 지원하던 외국인 교수의 서울대병원 방문을 주선했다가 중앙정보부로 끌려갔다. 당시 검찰은 그가 광화문에서 열린 유신헌법 철폐 학생집회 내용을 야당(통일당) 인사들에게 말했다는 이유로 그를 기소했다. 김씨는 지난 8월 31일 재심을 통해 34년 만에 무죄를 인정받은 것이다.

같은 날 김씨 이외에 3명이 더 긴급조치 9호 위반에 대해 무죄를 선고받았다. 김씨 등 4명은 지난해 4월 재심을 청구했다. 2010년 12월 대법원이 긴급조치 전반에 대해 위헌을 선고한 것이 계기가 됐다. 대법원의 위헌 선고 직후 긴급조치 9호 피해자들은 '재심대책위원회'를 만들어 법무법인 덕수와 민주사회를위한변호사모임(민변)을 통해 소송을 준비해왔는데, 8월 31일 북부지법 재판은 긴급조치 9호 피해자들에 대한 첫 재심 선고였다.

34년 만에 무죄 확정, 감격의 눈물

최근 긴급조치 위반 사건에 대한 재판에서는 잇따라 무죄 선고가 나오고 있다. 지난 8월 26일에는 긴급조치 4호 위반 사건에 대해 서울고등법원이 무죄를 선고했다. 지난 6일에는 긴급조치 1호 위반 사건에서도 무죄판결이 나왔다. 다른 긴급조치 위반 사건들에 대해서도 재심이 진행중이다.

대법원이 긴급조치 전반에 대해 위헌을 선고했기 때문에 긴급조치사건 관련자들은 재심만 청구하면 무죄를 받을 수 있다. 진실화해를위한과거사정리위원회의 2007년 자료를 보면, 1974년 이후 발동된 긴급조치 1·3·4·9호 사건 피해자들은 1142명(589건)이다. 그중 가장 많은 비중을 차지하는 것은 긴급조치 9호 피해자들이다. 1·4호 피해자들은 155명(36건), 3호 피해자들은 11명(9건)인데, 9호 피해자들은 976명(544건)에 이른다. 문재인 민주통합당 대선후보, 이재오 새누리당 의원, 강삼재 전 한나라당 의원 등도 모두 긴급조치 9호 위반으로 유죄를 받았다.

'긴급조치 9호 관련자 재심대책위' 양민호 위원장에 따르면 현재 긴급조치 9호 위반으로 유죄를 받았던 당시 대학생들 200여 명이 재심을 기다리고 있다. 신명식 민족문제연구소 기획이사(55)도 그중 한 명이다. 1978년 당시 경희대 사학과 3학년이던 그는 유신헌법 철폐를 주장하는 교내 시위를 하다 구속됐다. 징역 1년을 선고받고 10개월을 복역했다. 그는 최근 박근혜 새누리당 대선후보의 유신 및 인혁당 관련 발언을 비판했다. 신기획이사는 "아버지에 대해 효심을 갖는 것은 좋은 일이지만 1970년대의 판단 기준으로 한국사회를 이끌어가려고 하는 것은 안 된다"고 말했다. 그는 박근혜 후보에 대해 '유신의 2인자'라는 표현을 썼다. 그의 회고에 따르면, 1976년 경희대에서 이런 일이 있었다.

"오전에 갑자기 '오늘 오후 수업을 모두 휴강하니 학생들은 모두 집에 돌아가라'는 학내 방송이 나왔다. 나중에 알고 보니 그날 박근혜씨가 참석하는 행사를 학교 강당에서 열기로 되어 있었다. 학교에선 아마 학생들의 항의 시위를 차단하려고 그랬던 것 같다. 오후에 한 학생이 문리대 앞에서 '대통령 딸이 온다고 학교 문을 닫는 대학이 어디 있느냐'며 소리를 질렀다. 박근혜씨는 그저 대통령의 딸이기만 했던 게 아니라 유신체제의 2인자였다고 생각한다."

구태 못 버린 검찰의 항소 유감

다른 긴급조치 피해자들도 박근혜 후보의 역사관에 동의할 수 없다는 입장이다. 김형국씨와 함께 재심에서 긴급조치 9호 사건 무죄를 선고받은 정상시씨(57)는 "인혁당 사건과 관련해 두 개의 판결이 있다"는 박근혜 후보의 말에 대해 "억장이 무너지는 소리다. 인간적으로는 전혀 이해가 안 되는 건 아니지만 대통령에 출마하는 사람이 역사를 부인해서는 안 된다"고 말했다. 그는 1977년 4월 한국신학대학교 교내 시위에 참여했다가 구속돼 징역 2년을 선고받았다.

긴급조치 피해자들의 재심 소송은 줄을 이을 것으로 보이지만 법원이 재심을 언제 개시할지는 불분명하다. 긴급조치 위반에 대한 재심 개시는 각 법원이 자체적으로 판단할 사항이기 때문이다. 양민호 위원장은 "헌법재판소에서 위헌 결정이 나와야 신속하게 개시될 것으로 본다"고 말했다. 헌법재판소는 지난해 10월 긴급조치사건 위헌 소원에 대한 공개 변론을 열었으나 아직까지 뚜렷한 결정이 나오지 않고 있다.
이런 상황에서 긴급조치 9호 재심에서 무죄를 받은 이들을 분노하게 만드는 일이 생겼다. 검찰이 재심판결에 대해 항소했기 때문이다. 김형국씨는 "법원으로부터 검찰이 항소했다는 통보를 받았는데, 검찰이 왜 그러는지 모르겠다"고 말했다. 양민호 위원장은 "항소할 명분이 없는데 매우 유감이다. 검찰이 구태를 못 버린 것 같다"고 비판했다. (『주간경향』 995호, 2012년 10월 9일 발행)

*

그가 민주화운동에 헌신한 시간은 이십 년이 훌쩍 넘는다.

그 삶 가운데 대학 시절을 감옥에서 보낸 데 대한 국가의 민주화 보상은 오천만원 정도라고 했다. 처음에는 그랬다. 적은 보상이지만 그리 예정되어 있다고 했다. 직접 복역한 당사자인 자기 자신. 그리고 그 복역을 인내한 아내. 그리고 친동생. 딸은 보상의 대상이 아니라고 했다.

오천만원을, 어림잡아 이십 년으로 나누어보자.

일 년은 이백오십만원 정도 된다. 이백오십만원을 삼백육십오 일로 나누면, 그의 하루는 만원보다 값싸다. 그 보상은 세 사람을 향한 것이므로 그것을 삼분의 일로 나누면……

655

Chronological Outline of the Arrest of Chang Ki Yeong

November 11, 1977 --Mr. Chang was arrested on the campus of Seoul University together with 10 other students for for violation of Emergency Regulation Number 9.

January 28, 1978 --Mr. Chang was tried in Seoul District Criminal Court. He was charged with distributing leaflets which were critical of the government's policies, and organizing a student's campus demonstration. He was sentenced to three year's imprisonment at hard labor and suspension of certain civil rights for a like period thereafter. He is imprisoned at:

Yeongdeungpo Detention Center
Yeongdeungpo-ku
Seoul, Republic of Korea

Prisoner Number 707

Mr. Chang's state of health is unknown. He may have been beaten during a hunger strike which students detained in the Yeongdeungpo Detention Center attempted to carry out early in January 1978. There have been allegations of torture and ill-greatment of Mr. Chang.

September 12, 1978--The Supreme Court upheld the appeal court's three year sentence of Mr. Chang.

843307

몇 년이 지났다.

재판을 보류한다 했다. 지금은 재판을 걸어도 보상 가능성이 희박하다 했다. 몇 년은 더 기다려야 한다 했다. 기다린다 해도 결과는 알 수 없다 했다. 하지만 언젠가는 보상받을 것이라 했다. 언젠가는. 언젠가는.

독재자의 딸이 대통령이 되었기 때문인가.

독재자는 죽었지만, 여전히 독재자의 유령이 판결을 내리기 때문인가.

이제 우리 중 누구도, 독재자가 되지 않기 위해 살 필요는 없어졌기 때문인가.

아무 이유도 아니라면 어떤 것도 이유가 될 수 있는가.

나는 가야 했다.

그렇기 때문에 가야 했다.

내가 식탁에 앉아 밥을 먹고 있을 때, 앉은뱅이책상 앞에 앉아 외국어 문장을 공부하던 한 남자의 뒷모습 속에서 아버지는 점점 사라져가고 있었기 때문이다.

아버지는 어느 날부터, 개인적인 삶 속에 버려진 채 더는 우리가 아닌 자기 자신으로 살아가야 했던 어느 날부터, 서서히 사라져간 것인지도 모른다. 그는 잃어버린 조국을 찾기 위해 떠나갔다. 그의 말대로 우리는 도저히 이곳에서 살아갈 수가 없기 때문이다.

아버지는 여기 없었다.

언제나 없었다.

그래서 있었다. 책장 한쪽에 놓여 있던 가족사진 속에, 냉장고 위에 쌓여 있던 『세계철학사』와 『전환시대의 논리』 속에, 장롱 서랍 속 곱게 포개져 있던 새것 같은 양말들과 속옷들, 신발장에 넣어둔 낡은 검정 구두 한 켤레로.

수많은 편지, 수많은 비밀문서 속에

언제든 찢기고, 폐기되고, 소각되어 사라질 수 있는 익명의 문장으로.

*

그날은 어버이날이었다.

잠깐 씻기 위해, 옷을 갈아입기 위해, 누군가에게 전할 것이 있거나 가져갈 것이 있어서 들르는 곳이었던 당신의 집, 한 칸짜리 방이 전부였던 당신의 집에 들렀던 아버지는, 딸이 학교에서 만들어온 색종이 카네이션을 가슴에 달았다가는 그것을 다시 주머니 속에 고이 넣고 뒷모습으로 조용히 떠나갔다. 아버지가 떠난 뒤에야 아버지의 통역자, 어머니는 딸에게 비밀을 말해주었다.

우선접
쉽니다.

아빠는, 아이가 없거나 아이를 만나지 못하는 다른 친구들 때문에 꽃을 달 수가 없어.

꽃을 보면 저마다 집에 있는 아이 얼굴이 떠오르지 않겠니.

그 꽃은 아빠 가슴속에 있단다.

아버지는, 문지방에 앉아 구두를 고쳐 신던 뒷모습의 아버지는, 그날 붉은 카네이션을 가슴에 품고 우리를 떠나갔다. 분명 영영 떠나간 것은 아니었다. 조국을 찾고 민주주의를 찾고, 그런 다음 다시 우리 가족을 찾기 위해, 다만 언제 끝날지 모를 여행을 결심한 채 이곳을 떠나간 것이었다. 그런데 그만 아직까지 집으로 돌아오지 못한 것이다. 어쩌면 집으로 돌아오는 길을 찾지 못한 것이다. 밖은 아직 어둡고, 그는 어딘가에 숨어 날이 밝기만을 기다리고 있는지도 모른다.

나는 아버지를 찾아야 한다고 생각했다.

더 늦기 전에.

이미 늦었다 해도.

모든 것이 사라져, 다시 돌이킬 수 없기 전에.

*

출발 시간보다 일찍 도착한 공항 대합실에서 현기증을 느꼈던 것은 너무 오랜 시간 기다려왔다는 자각 때문이었을까. 비행기가 출발하기까지는 앞으로도 한 시간이 남아 있었다. 커다란 돔 내부의 소음, 그 웅웅거림, 덩어리로 뭉쳐져 명확히 전해지지 않는 사람들의 말소리를 들으며 나는 과거로 막 도착한 듯한 느낌이었다. 한 목적지에서 다른 목적지로의 이동이 아닌, 현재로부터 과거 한 시점으로의 귀환.

나는 열한 살입니다. 나는 국민학교 4학년입니다. 나는 지각과 결석을 해본 적이 없습니다. 하지만 오늘은 학교에 가지 않습니다. 그래도 되는 날이기 때문입니다. 엄마는 한 주 전, 가정통신문인가 내 일기장인가 아래 작은 칸에 연필 글씨로 아버지 일 때문에 딸이 학교에 가지 못할 거라는 이야기를 썼습니다. 그보다는 좀더 비밀스럽게 쪽지를 써서 내게 주었던 것도 같습니다. 아니, 얼마 전 학부모 면담 날, 가정환경조사서 때문에 벌어진 일을 선생님이 얘기하고 엄마가 직접 상황을 설명했을 수도 있습니다. 셋 중 어느 한 가지 방법을 쓰는 식으로 무슨 일인지를 거듭 해명해야 하는 것이 나의 유년이었으니까요. 선생님은 떠나기 전날인 어제 나를 따로 불러, 먼길 잘 다녀오라고 말해주었습니다.

나는 수학을 잘했고 학급 임원이었습니다. 매일 아침 수업 시작 전, 칠판 앞에 나와 수학 문제 풀이를 아이들에게 가르쳐주었습니다. 선생님은 나에게 그런 일을 시켰고, 나는 수학이 더 좋아졌습니다. 선생님은 가끔 심부름으로 전교조 선생님들에게 오는 비밀문서 비슷한 것을 다른 회원 선생님들에게 전달하도록 시켰습니다. 그건 세금 고지서처럼 생겼는데 아빠가 다른 어른들이랑 나누어 보는 소식지와 비슷하면서도 조금 다른 모양이었습니다. 나는 어른들이 저마다 이런 것을 만들어 나누는 일을 좋아하는구나 생각했습니다.

이런 비밀 모임에 가입한 어른들은 자신들이 하는 일을 잘 이해해주는 듯한 씩씩한 어린이들을 만나면 무척 기뻐하였습니다. 그들은 당장 자기가 사는 시대가 바뀌지 않더라도 지금의 어린이들이 어른이 된 미래에는, 자신들이 꿈꾸던 세계가 이루어지리라는 믿음으로 살아가는 사람들이었기 때문입니다.

과거는 언제나 나를 붙잡는다.

나는 아빠처럼 옷깃이 뒤집힌 셔츠를 그런 줄도 모른 채 입고 다니고, 아빠처럼 현관 문턱에 서서 급하게 구두를 고쳐 신으며, 아빠처럼 엄마를 통해서만 이야기하고, 아빠처럼 잘못된 일들과 잘못된 관행에 분노한다.

그러나 나는, 아빠처럼 그렇게 분노하다가는 평생 월세살이를 전전하고야 말 것임을 알고, 아빠처럼 누군가를 돕다가는 평생 새카맣게 어린 상사들에게 고개를 조아려야 하는 날만 올 것임을 알고, 아빠처럼 제 몫을 챙기는 데 소홀하다가는 평생 연금은커녕 죽을 때까지 일을 구하러 다녀야 할 것임을 안다. 그러므로 나는, 아빠와 완전히 다른 삶을 살 것이며 완전히 다른 삶을 살아야 한다고 마음먹는다.

이 세상에서 더이상 가난은 긍지가 아니기 때문이다.

언젠가부터 나는 여름에는 바람이 통하지 않고, 겨울에는 햇빛이 들지 않던 춥고 작은 방에 누워 가난을 증오하기 시작했다. 작은 새시 문을 열면 겨우 한 사람이 들어설까 말까 한 크기의 습기 찬 세면장을, 한번 막히면 물이 잘 빠지지 않던 하수구의 수챗구멍을, 영하로 떨어질 때면 꽁꽁 얼어붙었다 줄줄 새던 낡은 수도 배관을, 똑바로 서면 머리가 닿을락 말락 했던 낮은 천장을, 들춰보면 곰팡이가 시커멓게 좀먹은 장판을, 방마다 제각각이던 벽지 문양을, 한기가 스며들 때면 안쪽으로 물방울이 맺히던 얇은 벽을, 언제 도망갈지 모르는 사람들처럼 짐을 풀지 않고 상자들 틈에서 지내는 삶의 방식을, 그 모든 것을 증오하는 나를 증오했다.

여기 살고 있었던 거구나.

우리집에 잠깐이라도 들렀던 친구들이 애써 난감한 표정을 감추려 할 때마다 나는 내가 초대한 사람이 놀라지 않는 평범한 삶을 살 수 있길 바랐다. 그러나 평범한 삶이란 얼마나 얻기 어려운가. 메뉴판을 볼 때 가격표의 동그라미부터 셈하지 않아도 되는 평범한 삶이란, 무조건 값싼 물건만을 고르지 않아도 되는 평범한 삶이란, 불로 전소된 가게에서 반값으로 내놓은 그을린 물건을 보러 가지 않아도 되는 평범한 삶이란, 끈 떨어진 구두를 미련 없이 버리고 새 구두를 살 수 있는 평범한 삶이란, 경찰이 들이닥칠 걱정을 안 해도 되는 평범한 삶이란, 햇빛 한 줌 볼 수 있는 창문이 있는 평범한 삶이란 얼마나 얻기 어려운가.

그 평범한 삶을 위해 나는 먼저 뒤돌아보지 말아야 한다는 것을 배운다. 돌아보지 말아야 하고 눈감아야 하고 입다물어야 하고 고개를 처박고 견뎌야 하고 자신이 견딘다는 사실마저 깨끗이 잊어야 한다는 것을 배운다.

평범한 삶을 살기 위해서는 먼저 무엇을 잊어야 하는가.

저 청소 아저씨요, 여태 지하에 사셨던 거예요?

아, 그게 좀 그렇죠. 더 나은 데서 지내게 해드릴 수도 있을 텐데. 전에 사장님이 아저씨한테 거기서 지내면서 일 보라고 하셔서…… 저 일하기 전부터도 그랬어요.

밤에 여기서 지내시면 집에는 언제 가신대요?

집에 안 가세요. 밤에 가면 교통비도 너무 들고 어차피 또 새벽같이 나와야 한다고 그냥 여기서 지내신대요.

평범한 삶을 살기 위해서는 갓 입사한 회사의 늙은 경비와 청소하는 여자를 잊어야 한다. 그들이 그 건물 가장 더럽고 습한 지하방에서 지낸다는 것을, 매일 밤 작은 티브이를 켜고 간이 매트리스 위에서 잠든다는 것을, 찾아오는 가족도 친구도 없이 이십사 시간 그 건물에서 지내고 있다는 사실을 잊어야 한다.

사장이 다른 친구와 승마 유치원 다니는 손주 이야기를 나눈다는 사실을 잊어야 한다. 서예와 승마와 고서 수집이 취미인 사장이, 누군가에게는 밀린 임금을 주지 않고 있다는 사실을 잊어야 한다. 사장이 어린 직원들에게 우리 회사는 월급 받는 곳이 아니라 내고 다녀도 모자란 곳이라 말하면서 봉급을 깎으려 하지만, 실상 그는 어린아이처럼 해맑은 성품을 지녔으며 그 나쁜 결정들은 바로 아랫사람인 간부들이 하고 있다는 사실을 잊어야 한다. 누구보다 괄시당했을 간부들이 그 아랫사람인 우리들에게 더 심한 야근과 인내를 강요하고 있다는 사실을, 실적 부진으로 들볶이며 그들 자신이 당한 모욕을 고스란히 우리에게 되돌려주고 있다는 사실을 잊어야 한다.

나는 사장 아들의 결혼식 답례품으로 쓰일 물건을 만들고 그것을 포장하면서, 직원들 모두가 군말 없이 결혼식 안내를 맡거나 뒷일 하는 모습을 보면서, 사장이 오십 인분짜리 케이크를 검도하듯 큰 칼로 썰어나갈 때 관객처럼 박수치는 우리를 보면서, 다음날 아침이면 어제를 잊은 듯 만원 지하철에 몸을 싣고 있는 자신을 보면서, 통근 버스를 기다리며 줄 서 있을 때 스마트폰 화면을 응시하거나 자기 발끝만을 내려다보는 사람들 뒷모습을 보면서, 우리가 완전한 각자라고 느낀다. 돈을 번다는 것, 이 사회에서 돈을 번다는 것은 각자라는 고독을 철저히 견디는 일임을 느낀다.

이거 누가 잘못한 거야.

잘못한 사람 나와. 안 나와?

잘못한 사람이 나올 때까지 너희는 모두 벌을 받는다.

이게 연좌제라는 거다. 알겠나?

오래전 학교 교실에서 화분 하나가 깨져 있는 걸 발견했을 때, 학년 주임은 우리 반 학생들을 일렬로 세우고 한 사람 한 사람의 손등을 매로 내려치기 시작했다. 우리는 어깨를 움츠린 채 서로의 옆얼굴만을 곁눈질로 쳐다봤다. 누가 나를 거짓 밀고 하는 건 아닐까 서로를 의심하다가, 아무나 빨리 자수하길 바라며, 나는 아니라고 내가 한 짓은 아니라고, 매맞는 시간이 지나가기만을 바라며 우리는 끝까지 고개 들지 않았다. 결국 모두의 손등에 붉은 자국이 새겨지는 동안 우리는 함께여서 말하지 않은 것이 아니라, 완전한 각자였기에 침묵했다.

그리고, 수치의 시간은 영원히 끝나지 않는다.

나는 자주 열쇠를 잃어버리고 새 열쇠를 복사한다. 나는 자주 볼펜을 잃어버리고 새 볼펜을 구입한다. 오늘이 어제 같고 오늘 하루가 어제 하루와 다름없다면, 오늘의 나는 어제의 나의 복사본에 지나지 않을 텐데, 이상하게도 오늘의 나는 어느새 과거의 나로부터 먼 곳에 와 있다. 나는 아버지가 있어도 없는 어린 여자아이였는데 그 사실은 내게 더이상 중요하지 않거나 이제 나는 그런 사람이 아니다. 나는 적은 보수를 받는 회사의 막내 사원이 되었는데 그 사실은 내게 더이상 중요하지 않거나 이제 나는 그런 사람이 아니다. 나는 지금의 나보다 열 살 무렵의 내가 민주주의의 사명과 신념을 더 잘 이해했다고 느낀다.

회사를 그만두고 오늘 나는 진주에 간다. 어렸을 때 나는 진주가 어떤 곳인지 몰랐다. 엄마가 며칠 전 갑자기 비행기를 타고 진주에 가야 한다고 하니 진주에 가야 하나보다 그렇게 생각을 했다. 우리집은 늘 그런 식이었다. 그곳이 어떤 곳인지가 아니라, 그곳이 우리가 가야 하는 곳이라는 사실, 그 목적만이 중요했으니까.

*

엄마는 옷 수선집 한쪽 벽면에 대한민국 전도를 붙여놓았는데, 전화가 올 때면 지도를 보며 손가락이나 펜으로 위치를 짚어 확인하곤 했습니다. 그게 아빠였는지, 아니면 다른 누군가였는지는 모르겠습니다. 그들이 모두 나의 아빠들이었으니까. 그러니까 아빠는 여기 있는 거구나 하면서 연필로 동그라미 치는 식으로 그날도 엄마가 여느 때처럼 지도 속 진주를 보여주었는지는 기억나지 않습니다. 엄마는 우리가 비행기를 타고 진주에 가야 하니 일찍 자야 한다고 다시금 내게 말했습니다.

엄마, 손잡고 자.

엄마, 손잡고 자야 해.

할일이 남아 잠들지 못하는 엄마에게 나는 말합니다. 엄마, 손잡고 자. 엄마는 그러겠다고 답합니다. 엄마, 손잡고 자. 응, 그럴게. 엄마, 아직 안 자? 응, 금방 잘 거야. 엄마, 잘 때 꼭 손잡고 자야 해. 내가 묻고 또 묻고 다시 물어도 엄마는 지치지도 않고 대답합니다. 응, 그렇게 할게. 언제나 아침에 눈뜨면 이불은 이미 개어져 있고 부엌에서 아침을 만들고 있는 엄마, 화장하며 손거울을 보거나 앞머리에 구르프를 말고 드라이하는 뒷모습인 엄마의 빈자리를 보며, 밤새 정말 엄마가 내 손을 잡고 자긴 한 걸까 곰곰이 생각하고 또 생각하면서 나는 아빠가 없는 유년을 지날 것입니다. 아빠가 이곳으로 완전히 돌아와, 내가 더이상 엄마에게 손잡고 자자는 말을 꺼내지 않게 될 때까지, 돌아온 그가 점령한 건넌방의 불빛을 내 방 문틈으로 바라보며 잠들게 되기 전까지, 나는 내 손을 잡아달라고 말할 것입니다.

그러니, 나의 유년은 영원히 끝나지 않을 것입니다.

새벽이 밝아 나를 흔들어 깨우던 엄마의 손.

어둡고 작은 방을 불현듯 밝히던 형광등 불빛.

엄마가 만든 헝겊가방에 엄마가 챙겨넣은 물병과 간식.

세면장을 겸했던 작은 부엌에서 대야에 물을 받아 하던 세수.

그 작은 부엌 한쪽에, 이번에는 또 앞집 사람이 버린 비쩍 마른 흰 개를 데려와 키웠는데, 나무로 된 사과궤짝 속에서 빛나던 퀭한 두 눈이 또다시 버려지는 건 아닐까 두려움에 글썽이고 있었을 것입니다. 마당에 묶여 있던 이모네 진돗개 두 마리는, 우리가 마당으로 나오는 소리에 두 귀를 쫑긋하고 벌떡 일어나 꼬리를 흔들었을 것입니다. 앞다리를 쭉 펴 기지개를 한 번 켜고는 몸을 털면서 우리가 평소보다 일찍 나간다며 컹컹 짖어댔을 것입니다. 엄마는 사람들 깨니까 조용히 하라고 개들을 꾸짖다가도 어느새 커다란 앞발을 잡고 두 개들과 연달아 포옹했을 것입니다. 다녀올 테니 이모 말 잘 듣고 있으라고 인사를 건네면, 개들은 육중한 쇠사슬 소리만을 내며 겅중겅중 제자리에서 뜀을 뛰었을 것입니다. 매일의 기다림은, 순간 속에서 사는 그들 일생의 전부였습니다. 그토록 쓸쓸하면서도 빛나는 눈빛을, 나는 오래도록 지켜보았습니다.

개들은 언제나 우리를 이해해주었습니다.

*

우리는 부재가 채워지기를 열망하지만, 정작 빈자리가 채워진 뒤엔 그것이 우리가 원하던 것은 아님을 알게 된다. 아버지는 딸이 중학생 되던 해 집으로 잠시 돌아왔는데, 건넌방을 쓰기 시작한 그 남자가 오자 내가 기다리던 나의 아버지는 갑자기 사라

져버렸다.

아버지가 수감되기 전 세 명의 가족은 한 칸짜리 방에서 살았다. 정확히는 부재하는 한 명의 짐과 두 사람이 살았다. 누우면 작은 냉장고가 바로 발치에 닿는 그 방에서, 일정한 시각이 되면 돌아가는 모터 소리를, 귀기울이지 않아도 고동치는 저 세계의 머나먼 심장박동 같은 진동을 느끼며 살았다. 딸의 성장과 아버지의 귀환으로 방이 두 개 있는 옆집으로 이사를 가면서, 그들은 더이상 하나일 수는 없게 된다. 작은 마루를 사이에 두고 그와 아내가 쓰는 방과 딸이 혼자 쓰는 방 사이의 거리는 바다보다, 그가 수감된 도시 중 가장 먼 곳이었던 진주보다도 멀었다.

아버지를 만나러 가던 길은 수원이든 대전이든, 어디든 다 비슷비슷하게 먼길이었는데, 진주를 더 기억하는 이유는 그때 생애 처음 비행기를 탔기 때문일 것이다. 비행기는 서서히, 아주 천천히, 극도로 느리게, 그러다 갑자기 굉음을 내며 엄청난 속도로 달리다 전력을 다해 땅을 박차고 하늘로 날아오른다. 다음 순간 낮은 지붕들이 있는 마을을 지나, 드문드문 아파트가 지어지고 있는 단지들, 차들로 꽉 찬 도로, 개간중인 평야, 음영진 산맥, 이 모든 지형의 구석구석을 흐르는 강줄기를 굽어보다가 어느새 흰 구름 속을 유유히 지나며 세상을 내려다보는 하느님의 여행. 높이 있다는 건 이토록 짧은 한순간, 다른 곳으로 다다를 수 있다는 뜻일까. 그러니 동시에 어디에도 있을 수 있다는 뜻일까. 그후 십수 년간 스스로 유럽 여행을 위한 표를 끊기 전까지, 진주는 내게 처음 하늘을 날아본 기억이었다. 신처럼 세상을 바라보았던 기억이었다. 그러나 나는 그 사실을 누구에게도 말하지 않았다.

*

김포에서 진주로 가는 국내선 비행기는 한 곳의 항공사만이 운영한다. 90년대에도 현재에도 진주는 적은 수의 승객만이 향하는 목적지이기 때문이다. 사람들은 대개 부산 또는 통영, 남해를 여행지로 더 선호한다. 진주는 조용한 도시이고 지금도 그 도시는 오랜 고요함 속에 남겨져 있다. 많은 사람들은 그곳을 대개 교육도시라 부르고 또 그렇게 기억한다. 가난하지만 뼈대 있는 양반의 도시. 몇몇 대학교와 꽤 긴 역사를 지닌 중학교 고등학교가 있는 도시. 더 먼 과거를 향해 눈을 돌린다면, 기생 논개가 일본 장수를 껴안고 남강에 몸을 던진 고장.

비행기에 가장 먼저 탑승하고 가장 먼저 내리는 일등석 손님들은 대개 그곳 유지들임을 대화 속에서 알 수 있다. 김사장과 이사장, 박사장, 최사장 들. 그들은 서로를 우연히 알아보고 인사말을 건네며 안부를 묻는다. 요즘 잘 지냅니까. 뭐 그럭저럭 잘 지냅니다. 형님은 어떠십니까. 그들은 이코노미석에 앉은 다수의 승객과 달리 목적지를 향한 짧은 시간이나마 편하게 발을 뻗고 여행하며, 비행기에 오를 때 비치된 신문을 자연스레 집어들고 읽는 유일한 사람들이기도 하다.

객실을 빠져나와 공항 청사로 향하는 길의 바람은 꽤 거셌다. 3월의 겨울. 오래전 아버지를 만나러 가던 그날 그 계절도 겨울이었던 것 같다. 특별 면회실에서 보았던 곤로와 연통을 기억하고 있으니까. 정확히 어느 해 어느 달이었는지, 그날의 추위는 잊었어도, 미처 사라지지 않은 겨울의 흔적을 기억하니까. 아니, 기억나지 않는다. 감옥 속 겨울은 세상의 그것보다 더 오래 지속되니, 어쩌면 겨울 같은 여름이었을지도 모른다.

어느새 비행기에 함께 탔던 승객들은 모두 제 갈 길을 가고, 나는 사천공항에 혼자 남겨진다. 학교가 파한 뒤에도 부모가 찾으러 오지 않아 교실에 혼자 남은 어린아이처럼 나는 주위를 두리번거리며 무언가를 찾으려 애쓴다. 승강장과 터미널을 잇는 복도에는 언제부터 게시했는지 짐작하기 어려운, 색 바랜 게시물들이 붙어 있다. 티브이가 곳곳에서 기상예보와 뉴스를 보여주고, 국수와 우동을 파는 분식집에서는 한 사람만이 늦은 점심 식사중인 진주 사천공항. 그러나 사천이라는 이름조차 내 기억 속에는 없다. 같이 아빠를 만나러 가기로 한 엄마도 없다. 이제는 학생이란 신분도, 학교도, 숙제도, 나를 기다리는 개도 더는 없다.

어디에서 오셨어요?

외지분이시죠?

함께 온 분은 없으십니까?

혼자 오셨습니까?

어떻게 해서 여기로 오셨어요?

말하려 하는 마음과 말할 수 없는 마음으로부터, 말하고 싶어 하는 마음과 말하지 않으려는 마음이 뒤섞인다. 내가 질문에 대답하지 않는다면, 혹은 그들이 원하는 대답을 하지 않는다면, 질문은 멈추지 않을 것이다. 내게 만족스러운 대답을 얻는다면 그들은 비로소 웃으며 고개를 끄덕일 것이다.

오래전에 가족 여행으로 온 적이 있거든요.

아, 그래요! 환하게 웃는 여인의 웃음 속에서 무엇을 발견할 수 있는가. 고객님, 미인이세요, 하고 감탄하는 목소리 뒤에 새로 온 손님에게 고객님, 정말 미인이세요, 라는 한 여인의 진심어린 감탄사는 믿어도 좋은가.

여기는 고객님들이 가을에들 많이 오십니다. 가을에 오시면 진주성 일대에서 유등축제라고 해서 사방을 등으로 밝혀놔 경관이 참 아름답습니다. 근데 그때는 사람도 워낙 많고 붐벼서 제대로 둘러보기가 쉽지 않은데 지금은 겨울이라 여유로워 좋지요. 주변에 갈 데가 어디 있나 하면요. 진양호 좋고요. 아침 일찍부터 버스 타고 좀 움직여야겠지만 경상남도수목원도 갈 만합니다. 저는 예전에 남편이랑 수목원서 예식 사진을 찍었는데 참말로 좋았습니다. 근데 말씀드리다보니 결혼하고는 사는 게 바빠서 고객님들께 가보라는 말씀만 드리고 정작 제가 한번 가보질 못했네요.

그런데 고객님은 진주, 어디 가보셨어요.

너무 어렸을 때라 기억이 잘 나지 않아요.

머뭇거리며 답하는 이곳에서, 언제나 뒤섞입니다. 하나의 시간으로부터 다른 시간이. 현재로부터 과거가. 애써 숨기려 하는, 그러나 숨길 수 없는, 결코 숨겨지지 않는 어떤 흔적처럼. 진주에는 강이 흐릅니다. 진주에는 호수가 있습니다. 그래서 물은 이 땅의 모든 것을 보았습니다. 어느 날 엄마 품에 안겨 죽어갔던 흰 개의 젖은 눈처럼.

진주에는 모든 도시의 기억이 정박된 호수가 있다. 도시의 이 거대한 눈동자를 에워싸고 숲이 하나 있다. 호수를 보기 위해서는 버스에서 내린 뒤에도 나무 계단을 따라 한참을 걸어올라가야 한다. 앞으로도 뒤로도 숲뿐이라 이 길이 그 길이 맞긴 한지 누구에게도 물을 수 없기에 그저 앞으로 걸어나갈 수밖에 없는 마음을, 그럼에도 그만두고 싶거나 되돌아가고 싶다는 마음 사이를 지나야만 그곳에 닿을 수 있다.

끝까지 올라간다면, 새로 공사중인 호텔과 카페를 볼 수 있을 것이다. 포클레인과 원목 자재들만이 놓여 있는 자리에 몇 개의 플라스틱 의자가 있고 그 위에 인부들이 잠시 벗어둔 하얀색 안전모가 놓여 있을 것이다. 그곳에서, 쉬는 시간에 누군가 담배 피운 흔적을 찾을 수 있을지도 모른다. 건설중인 호텔 내부에 들어간다 해도 출입을 제지할 사람은 없다. 드릴과 망치, 크고 작은 못들, 아무렇게나 흩날리고 있는 비닐들. 붉은 테이프에 적힌 공사중 출입 엄금.

아무런 채색도 없는 기본 철근 골조에 콘크리트만 덧입혀진 건물의 모습은, 많은 사람들이 일하러 서울로 떠나갔다가 오직 휴일에야 잠시 돌아와 시간을 보내고 다시 떠나가는 다른 지방 소도시들과 마찬가지로 이 도시가 사람이 있는 것보다 없는 것이 더 어울리는 곳임을 떠올리게 한다. 건물은 지어지고 있는 중이거나, 짓던 중에 공사가 중단되었을 수도 있으며, 철거 과정에서 방치되어 아직 공사를 본격적으로 시작하지 않은 것처럼 보일 수도 있다.

진주에는 또 무엇이 있는가.

녹슬어 더는 움직일 수 없을 듯한 바이킹과 삐걱이는 소리를 내며 겨우 움직일 법한 회전목마가 있는 놀이공원이 있으며, 믿을 수 없겠지만 동물원이 하나 있다. 기린과 코끼리, 공작새와 하마 모양을 그려넣은 낡은 표지판이 있다. 역시 녹슨 철창과 방향을 가리키는 화살표. 매표원과 관리자는 어디에도 없고 찾아온 사람 하나 보이지 않지만 주차장에는 차들이 가득하고, 어디선가 보이지 않는 청룡열차가 회전하는 듯 바람소리가 들려온다.

자신을 넘어선 것을 보아버린 눈은 무엇을 말하는가.

*

쉿. 조용히 해야 해.

남자아이는 내 입술 앞에 자신의 손가락을 갖다대었습니다. 모든 아이들이 낮잠을 자던 오후, 탁아소 선생님들이 대여섯 살 난 어린아이들에게서 잠시 벗어나 겨우 한숨 돌릴 수 있던 오후, 미색의 커튼을 닫으면 이른 저녁처럼 꿈속의 세계처럼 아득해지던 오후였습니다. 공단에서 일하는 가난한 노동자를 부모로 둔 아이들의 겨울이었습니다. 그 일하는 부모들을 위해 싸우는 활동가를 부모로 둔 아이들의 겨울이었습니다. 쌔근쌔근 잠든 아이들의 숨소리 너머에서 우리는 잠들지 않는 아이들이었습니다. 우리는 안쪽으로 이슬이 맺히는 얇은 창 아래, 고아처럼 마음을 나누고 형제처럼 몸과 마음을 다해 서로를 사랑했습니다. 밥을 먹기 전 함께 모여 기도를 하고 노래를 불렀습니다.

밥은 하늘입니다 하늘을 혼자 못 가지듯이 밥은 서로서로 나누어먹는 것.

그런데 하느님은 왜 아버지일까. 하느님의 이름은 아버지일까.

모르면서, 모르기 때문에, 우리는 하느님 아버지를 불렀습니다.

하늘에 계신 우리 아버지시여
이름이 거룩히 여김을 받으시오며
나라가 임하시오며
뜻이 하늘에서 이루어진 것같이 땅에서도 이루어질지어다
오늘날 우리에게 일용할 양식을 주시옵시고
우리가 우리에게 죄 지은 자를 사하여준 것같이
우리 죄를 사하여 주시옵고
우리를 시험에 들게 하지 마시옵고 다만 악에서 구하시옵소서
나라의 권세와 영광이 아버지께 영원히 있사옵나이다
아멘

우리는 배운 적 없었지만 사랑을 알고 있었습니다.

아빠가 하는 걸 봤어.

남자아이는 깨어 있던 나와 한 명의 다른 여자아이에게 말했습니다. 사랑은 이미 우리에게 충분한 자질이었습니다. 우리에겐 무엇보다 시간이 있었습니다. 그애는 미끄럼틀 아래에서 여자아이들의 어깨를 핥아주었습니다. 혀끝이 차가웠습니다. 숨결이 따스했습니다. 그애는 여섯 살이었지만 이런 일에 능숙한 성인 남자처럼 매번 내 옷을 끌어내렸고 나는 기꺼이 그것을 허락했습니다. 한겨울에도 손으로 잡아당기면 쉽게 어깨가 드러날

수 있는 옷을 입으려 노력했습니다. 매일 그것을 원했습니다. 더 오랜 시간 그것을 원했습니다. 삼십 분의 낮잠 시간이 끝나지 않기를 기도했습니다. 남자아이가 내 어깨를 핥는 동안 다른 여자아이는 우리들의 비밀을 지키기 위해 미끄럼틀 바깥에 앉아 있었습니다. 내 어깨도 핥아달라고 말하기 위해 차례를 기다리고 있었습니다.

우리는 동요 대신 어른들이 부르는 투쟁가와 민중가요를 부르던 아이들이었습니다. 대학생도 그 뜻을 잘 모를 어려운 단어들을 태아 때부터 익힌 아이들이었습니다.

투쟁, 착취, 노동, 여성, 차별, 자유, 해방, 민중, 세월, 진혼, 통일.

넋, 한, 쑥물, 주춧돌, 참세상, 신새벽.

그립다, 빛바래다, 사무치다.

탁아소 선생님들과 스물을 갓 넘긴 대학생 자원활동가 선생님들은 노래패 공연이 올 때면 여섯 살 남짓한 우리 모두를 공연장으로 데려갔습니다. 살면서 처음 제대로 들은 노래도 투쟁가였고 처음 제대로 본 공연도 민중가요를 부르는 노래패의 공연이었습니다. 자주 꽃 핀 건 자주 감자. 파보나 마나 자주 감자. 하얀 꽃 핀 건 하얀 감자. 파보나 마나 하얀 감자. 어른들은 왜 자주 감자가 파보나 마나 자주 감자라는 뻔한 얘기를 노래로 지어 부르는 걸까. 집에 돌아와 가사집을 아무리 살펴봐도 이유를 알 수

발이 아파도 배가 고파도
할아버지는 뒤 한 번 돌아보지 않고 - -
땅 - 만 보며 걸어가는 할아버지 뒤 - 에
달 - 랑달랑 끌려가는 아기 염소
왜놈꽃 핀 건 왜놈감자· 파보나·마나·왜놈감자
조선꽃 핀 건 조선감자· 파보나·마나·조선감자·
감자꽃
권태응 글
백창우 곡
자주 꽃 핀 건 자주 감자
파보 나마 나 자주 감자
하얀 꽃 핀 건 하얀 - 감자
파 보나 마나 하얀 - 감 자 -
15

아버지! 갈라진 땅 갈라진 조국은 결코 물려 받을 수가 없읍니다.
어머니! 우리는 통일된 조국에서 살고 싶습니다.

5

없었지만 카세트테이프의 재생 버튼과 되감기 버튼을 누르고 또 누르면서 노래를 따라 불렀습니다.

우리는 누군가 우리를 납치해, 가본 적 없는 동화 속 세계로 데려가주리라고 믿었습니다. 그러나 산타클로스만은 믿지 않았습니다. 조숙한 아이들은 우리 중 누군가의 아버지가 흰 콧수염과 흰 눈썹을 달고는 빨간 모자를 쓰고 빨간 바지를 입고 나타난다는 사실을 이미 알고 있었습니다. 우리는 산타클로스가 실망하지 않도록 그 등장에 놀라워하며 탄성을 지르고 아저씨 선물 주세요 아저씨 안아주세요 아저씨 내년에도 와주세요 거짓 애원 하는 법을 알았습니다. 나는 가짜 산타클로스가 아이들에게 나누어줄 선물을 탁아소 선생님 중 하나였던 우리 엄마와 함께 사러 다니는 아이였습니다. 선생님은 나를 믿었고 산타클로스는 아이들이 받고 싶은 것을 선물해야 했으므로 나는 아이들에게 받고 싶은 선물을 알아내어 목록에 적었습니다. 바비 인형이 쓰는 분홍색 헤어 드라이기와 로봇을, 프라모델과 꼬마 자동차와 병원놀이 세트를, 달콤한 사탕과 과자를 사서 포장하고 리본을 묶었습니다.

아버지들과 어머니들이 모인 자리에서 우리는 은빛 황금빛 종이로 반짝이는 별과 크리스마스트리를 만들어 공중에 걸어두고, 한 줄로 서서 멜로디언 반주에 노래 부르고, 동시를 외워서 읽고, 그림 동화를 구연하고 서로에게 박수를 보냈습니다. 가장 예쁜 연보라색 원피스를 입고, 큰 방울과 리본으로 머리를 묶고, 미색 타이즈를 신었습니다. 오줌이 마려운데도 부끄러움 때문에 엄마나 선생님께 얘기하지 못하고 참을 데까지 참다가, 저도 모르게 속옷을 적시고 엉엉 울었습니다.

어떻게 산타클로스 할아버지는 우리가 원하는 선물을 주었을까. 우리보다 좀더 어린 아이들은 두 눈을 동그랗게 뜨고 변장한 아버지 손을 꼭 잡았습니다. 아버지는 아이의 머리를 쓰다듬고 아이를 들어올려 산타클로스 같은 웃음을 지어 보였습니다. 산타클로스가 왠지 아빠를 닮은 것 같아, 어떤 아이들은 아빠를 찾으며 울음을 터뜨렸습니다.

울면 안 돼. 산타 할아버지는 누가 착한 아이인지 누가 나쁜 아이인지 알고 계신대. 울면 이놈, 하고 잡아가신다. 이미 모든 걸 눈치챈 아이들, 비밀을 감추지 못하는 어른들은 웃어대기 시작하는데 왜 웃는 걸까, 아이는 훌쩍이며 이상한 세계의 문 앞에서 두리번거립니다.

아빠 어디 가셨을까? 아빠 곧 오실 거야. 어른들이 우는 아이를 달래는 동안, 변장한 아버지가 잠시 사라졌다가 수염과 옷을 모두 벗고 다시 나타날 때에도 어떤 아이는 아버지를 믿었습니다. 눈물이 마르지 않은 얼굴로 아버지에게로 달려가 산타클로스가 건네준 선물을 내밀어 보였습니다. 아버지는 이번에는 아버지처럼 웃으며 아이를 다시 들어올렸습니다. 아이는 어리둥절한 표정이었습니다.

마치, 눈앞에서 아버지를 영원히 잃어버린 것처럼.

*

아빠.

어디 계세요.

아빠. 빨리 돌아오세요.

아빠.

아빠는 개를 먹는 사람이 아니었잖아요.

우리가 키우던 개를, 우리를 기다려줬던 흰 개를, 먹으면 안 되는 거잖아요.

엄마는 언젠가부터 우리집에 살았던 흰 개, 흰 개가 낳은 흰 개, 흰 개의 흰 개가 낳은 흰 개들을 키우다가 그 개들을 다 거둘 수 없어 키울 사람을 수소문하고 여기저기 새끼들을 보내다가 어차피 개장수에게 갈 거 우리가 잡아 나누어먹자 생각을 합니다. 아빠는 감옥에서 나온 지 오래지 않았고 아빠는 몸이 허하고 명절에 모일 친척들 몇몇의 동의 아래 흰 개는 우리와 함께 차를 타고 시골로 향합니다. 사과 상자 속에서 오줌을 지리고 똥을 누면서 흰 개는 눈물 흘립니다. 소도 먹고 닭도 먹고 돼지도 먹는데 개를 못 먹을 게 뭐랍니까.

엄마는 길 떠나기 전, 그리고 도착한 후에도 개를 안고 개를 위해 기도합니다.

너희 엄마는 우리집에 와서 마지막까지 그래도 행복하게 살았어.

그러다 네가 태어났지.

그래서 너는 거리에서 살며 비루먹지 않을 수 있었고, 비 맞는 일도 없었어.

맛있는 것도 많이 먹었고, 즐겁게 뛰어놀았어.

너희 엄마가 죽는 날까지도 함께 살았지.

우리를 이해해다오.

천국에 가려무나.

텔레비전에서는 추석용 영화나 오락 프로그램을 하고, 친척들은 그것을 보고, 어느새 솥이 끓습니다. 파를 다듬고 부추와 청양고추를 썰고 마늘을 얇게 저미는 칼소리가 들립니다. 거대한 식탁 위에 흰 종이가 덮이고 상이 보이지 않을 만큼 많은 음식이 차려집니다. 그 앞에 어느새 가족과 친척들 그들의 동네 친구들이 와서 함께 앉습니다. 남자 어른들. 그들은 너도 와서 앉으라고 합니다. 우리가 어렸을 때도 키우던 개나 닭을, 소를 잡곤 했지, 회상하며 숟가락 젓가락을 바삐 움직입니다.

사회운동에 투신했던 한국의 가난한 어른들은 이 땅에서 살며 감내한, 감내해야만 했던 삶의 고단함을, 슬픔과 회한을, 그 모든 과거의 애잔함과 기억을 나눌 수 있는 이들이 함께 모여 있다는 사실 하나만으로도 서로 마음을 어루만지며 늦은 밤까지 술잔을 기울였습니다. 남자들은 자신의 건강, 재정 문제, 집 문제, 아이들 교육 문제, 그들이 몸담았던 옛 시절에 얽힌 추억과 후회를 이야기했습니다.

그때 가만 앉아 수업을 듣고만 있을 수는 없었지. 세상을 바꿔야 한다고 믿었으니 학교도 제대로 마치진 못했고.

나는 지도교수가 유학 가라던 말 안 들은 걸 후회해. 저 혼자 공부해 살겠다고 여길 등지는 건 잘못 같아서 뭔 놈의 외국이냐 싶었던 건데. 이제사 후회해봤자 뭐하나 싶지만 그때 그 말 들었으면 좋았겠다 싶지.

지금은 교수 되기가 하늘의 별 따기지만 그때는 참 별거 아니지 않았나. 늦게라도 학교 마치고 교수가 됐더라면 다음 세대를 키우면서 정말로 세상을 바꿀 수 있었을 텐데. 누구도 그걸 알려주지 않았거든.

그래서 결국은 어떻게 됐나. 생각 있는 애들은 다 거리로 나오고 별것 아닌 것들이 죄 보신해 한자리씩 차지했지. 그것들이 지금 젊은 사람들 윗사람이 되어버렸고. 그게 큰 실수였어. 우리 중 누구도 그렇게 멀리 내다볼 안목은 없었고.

그런데 요즘 말이야. 담배를 피우면 자꾸 손이 떨려서 말이야.

술도 예전 같지가 않아. 전에는 오십 명쯤 있다 그러면 전부 한 잔씩 대작해서 부딪힐 때마다 짠 했는데. 이제는 자꾸 금세 취해 버리는 게.

술 담배 이젠 그만하고, 애들 대학 갈 때까지는 힘들어도 좀 참아야지. 요새는 대학 보내고도 끝이 아니야. 그거 생각하면 참아야지. 참고 버텨야지. 다들 그렇게 사는 거 아닌가.

실패였는지 성공이었는지는 누구도 명확히 이야기하지 않았습니다. 다만 변절한 누군가에 대해, 누가 누구와 함께 일을 도모했다가 돈 때문에 돌아섰다는 사실에 혀를 차며, 어떤 친구는 대안학교를 운영하면서도 자녀를 외고나 해외로 보냈는데 자기 아이들은 좋은 데서 제대로 교육시키지 못한 데 대해, 얼굴과 눈이 붉어질 정도로 술에 취해서야 눈물 흘리며 이야기했습니다. 어떤 말, 어떤 단어, 어떤 문장, 어떤 이야기였는지는 중요하지 않았습니다. 그들은 가족들에 둘러싸여 있으면서도, 언젠가부터 누구에게도 이해받지 못했으며 가장 중요한 어떤 것에 관해선 누구에게도 말할 수 없었기 때문입니다. 아내는 다른 아내에게, 남편은 다른 남편에게, 형은 다른 친구에게, 동생은 또다른 친구에게, 잠시나마 감정을 꺼낼 수 있다는 사실이 중요합니다.

그래. 열심히 살았어. 그래도 잘했지.

그게 최선이었어.

남자들은 다음날 깨어나 무슨 일이 있었는지 기억이 안 난다고 멋쩍게 웃으며 마당에 나가 담배를 물었습니다. 여자들은 새벽에 귀신같이 일어나 큰 솥에 국을 끓이고 밥을 안쳤습니다. 설거지를 하였습니다.

여자들은 어느 날, 남자들에게로 와서 자신의 팔 어깨 젖가슴 다리 모든 것을 차례로 내어주고 그들의 아이를 낳고 그들의 옷을 짓고 말없이 그들의 이부자리를 개었습니다. 기다림이 병이 되기 전까지, 기다림은 그들의 가장 큰 할일이었습니다. 남자들의 조상을 위해 차례상을 차렸습니다. 뜨거운 밥 한 공기를 지어 올리며 그 조상을 극진히 모셨습니다. 남자들이 돌아왔을 때 다 함께 모여 큰절을 하였습니다.

나는 식탁 앞에 모여 앉은 사람들 곁을 떠나, 어느새 어둑어둑해진 시골 마당으로 나가 걷기 시작합니다. 걸어도 걸어도 논과 밭뿐인 둑길을 걷고 또 걷습니다. 시골 하늘은 별이 총총합니다. 어느새 흰 개가 내 곁을 따라와 걷습니다. 아득한 밤입니다. 흰 개와 나는 우리가 출발한 곳이 더는 보이지 않을 때까지 걷습니다. 저곳이 삶이라면, 우리는 삶 아닌 쪽으로, 저곳의 삶도 보통 세상의 삶이 아니었다면 우리는 삶도 삶 아닌 것도 아닌 쪽으로, 점점 멀어집니다.

*

어릴 적 엄마가 살던 집에서는 개 한 마리를 키웠는데, 엄마는 그 개를 사랑한 나머지 개집에서 개와 함께 잠들곤 했다 합니다. 개는 소녀의 몸집만큼 크고, 개는 풍성한 꼬리와 복슬복슬한 털과 두툼한 앞발을 가졌고, 개는 꿈처럼 따스하고 포근했습니다.

개는 어느 날 쥐약 먹은 쥐를 건드렸다가 소리 없이 고꾸라지고, 소녀는 죽은 지 얼마 안 돼 아직도 몸이 따뜻한 개를 하염없이 쓰다듬고, 그러자 개는 소녀에게로 돌아와 소녀 꿈의 일부가 되었습니다.

소녀가 엄마가 되어 먼 곳으로 외출을 할 때면, 엄마는 엄마의 엄마 혹은 엄마의 할머니가 주었을, 수십 년도 더 된 갈색 모피 잠바를 입곤 했습니다. 단정하게 묶은 머리를 위로 틀어올린 그녀는 아무도 모르는 곳에서 온 우아한 귀부인 같았습니다. 나는 엄마가 입은 모피의 부드러운 털을 만지고 모피에 배어 있는 희미한 나프탈렌 냄새를 맡으며 잠을 청했습니다.

엄마 꿈속에 사는 흰 개를 베고 잠드는 꿈을 꾸었습니다.

귀가 먹먹했습니다. 귓속에서 혼들이 속삭이는 소리가 들렸습니다. 높은 곳이었으니까 우리가 죽은 이들에게 가까워지는 건 당연한 일이었습니다. 아직 천국으로도 지옥으로도 가지 못한 혼들은, 머물 곳을 찾고 있었습니다. 지상의 사람들이 꾸는 꿈이 그들에게는 그 거처였습니다. 승객들은 잠들어 있었습니다. 아무도 듣지 못하는 것 같았습니다. 그때 알았습니다. 사람들이 깨어나면 혼들은 또다른 꿈을 찾아가야만 한다는 것을. 살면서 비행기를 처음 탄 나는, 한 시간도 채 안 걸리는 짧은 비행 내내 그 느낌을 지우려고 침을 삼키고 입을 열어 억지로 하품을 했습니다.

공항에 도착하자마자 우리는 택시를 탔습니다. 택시를 탔기 때문에 우리가 어디서 왔는지, 무엇을 하러 왔는지, 왜 왔는지를 아무도 묻지 않았고 우리는 그런 질문을 듣지 않을 수 있었습니다. 엄마는 택시 기사에게 곧바로 행선지를 말했을 것이고, 기사 아저씨는 목적지를 듣고는 조금 놀랐을지도 모릅니다. 순간적으로 룸미러에 비친 뒷좌석의 승객들을 힐끗 살폈을지도 모릅니다. 공항에서부터 그곳까지는 차로 곧장 달려도 한 시간은 넘게 걸리니까요. 보통 그런 행선지를 말하는 사람은 없으니까요. 공항에서 내린 아름다운 젊은 여인과 어린 여자아이를 태우고 가기에, 그곳은 좀처럼 어울리지 않는 곳이었습니다.

나는 이른 아침부터 집에서 나와 공항버스를 타고, 비행기를 타고, 비행기에서 내려선 다시 택시를 타야 하는 긴 여정에 자꾸만 속이 울렁거립니다. 서울에서 온 시골 사람처럼 보이지 않으려 늘 애를 쓰는데 나는 여행을 해본 적이 없고 이건 우리의 첫 가족 여행. 나는 너무 어립니다. 그럼에도 알고 있습니다. 무슨 일이 있기 전에 반드시 말을 해야 한다. 엄마의 말. 엄마는 신속하게 비닐봉지를 준비하고, 엄마에게 칭찬을 받으며 나는 구토를 합니다.

먼 곳에서 와서요.

택시 기사는 두통 때문에 이마를 찡그리는 내게 안부를 묻고, 나는 룸미러를 통해 말합니다. 먼 곳에서 와서요. 차는 시의 외곽에서 남강을 지나 대학교와 아파트 단지가 자리잡은 지대로 들어섭니다. 예전엔 여기가 다 논밭이었지요. 혼잣말처럼 기사는 말합니다. 여기가 논밭이었을 때, 그는 먼길을 걷고 또 걸어 학교를 다니던 어린아이였습니다. 이른 겨울 해는 저물어가고 고층 건물의 유리창들이 이제는 강을 대신하여 흐르듯 반짝입니다. 철새떼가 하늘을 뒤덮으며 일제히 날아갑니다. 어떤 흔적도 찾을 수 없는 장소에서 이상하게도 고향이라는 단어를 생각합니다.

7장

부서지는 나는, 있습니다

눈을 뜹니다.

찾으려는, 찾고자 하는 불가능한 시도 어딘가에서 매일 피 흘리며 태어나는 사람처럼.

너는 아빠가 없어?

하루가 지나도 하루 이틀 사흘 나흘 닷새 엿새 한 주 한 달이 지나도 보이지 않는, 없기 때문에 확고하게 떠오르는 어떤 것이 있었습니다. 친구들은 학교에서 집으로 가는 길 내내 집요하게 아빠의 부재를 묻고, 학교에서 집까지 이십 분이면 족히 걸을 그 길이 한 시간 두 시간 하루 이틀 사흘 나흘 평생의 여정처럼 내게 달라붙어, 안녕 잘 가 그애들이 손을 흔들며 밥 먹으러 각자의 집으로 뿔뿔이 흩어진 자리에서도 질문은 여전히 나를 따라와 묻습니다. 너는 아빠가 없어? 나는 그런 게 아니라고 대답하며 대문을 잠급니다. 제대로 잠글 수도 없고 잠겨지지도 않는 낡은 문고리로 방문을 걸어 닫고는 문이 열리지 않도록 문에 등을 기대고 앉아 그만 돌아가라고 말합니다. 그런 게 아니라, 너희들이 모르는 게 있어.

문 좀 열어봐. 떳떳하면 문 열고 말을 하라고.

그런 게 아닌데 왜 아빠가 없어?

눈을 뜹니다.

내가 아주 어렸을 때, 아빠를 만나기 위해 왔던 도시에서.

오래된 성과, 강과, 대학교와, 놀이공원과, 동물원과, 시장과, 카페와, 옷집과, 식당이 있는 곳에서.

다른 도시와 특별히 다르지 않은 모습의 평범한 도시에서.

저 사람, 너희 아빠 아냐?

자연 시간 과제였던 개미집을 집에 두고 학교에 갔던 어느 날이었습니다. 작은 플라스틱 수조에 흙을 넣고 개미를 넣어 만든 개미집. 개미의 먹이가 될 수 있는 작은 곤충을 잡아 그 속에 떨어뜨려주곤 하던 날이었습니다. 잠깐, 아주 잠깐 집에 와 있던 아빠는 그날, 딸이 숙제를 두고 갔으니 빨리 뒤따라가보라는 엄마의 말을 듣고는 부랴부랴 집을 나섰습니다. 빠른 걸음으로 나보다 먼저 학교에 도착해 있던 아빠, 다른 아빠들처럼 양복에 넥타이를 맨 차림과 거리가 멀었던 아빠, 다른 아빠들이 모두 회사 갔을 시간에 집에 있던 아빠는, 파란 추리닝에 슬리퍼 차림으로 개미집이 담긴 비닐봉지를 들고는 학교 아이들에게 내가 2학년 몇 반인지 아느냐 묻고 있었습니다. 나는 그 길을 피해 걸음을 빨리했습니다. 한 남자아이가 갑자기 내 팔목을 붙잡았습니다. 너희 아빠 아니야? 나는 무조건 아니라고 고개를 저으며 교실로 뛰어들어갔습니다. 심장이 터질 듯 두근거렸습니다. 한참의 시간이 지났을 때 고개를 들어 주위를 돌아보았습니다. 아빠가 교실까지 따라오지는 않은 것 같았습니다. 누군가 내 자리로 개미집을 가져다주었습니다. 숙제로 개미집 안 가져온 사람 일어나 보세요. 담임선생님은 교탁에서 숙제 검사 하겠다는 말과 함께 매를 꺼냈습니다. 나는 고개를 숙였습니다. 검사가 끝날 때까지, 검사가 끝나고 나서도 나는 고개를 들지 않았습니다. 아무것도 가져오지 않은 빈손인 것처럼 심한 부끄러움을 느꼈습니다.

눈을 뜹니다.

감옥이 있는 작은 도시에서.

특별할 것 없는 전쟁이 끝나고, 특별할 것 없는 사랑이 생겨나고, 특별할 것 없는 아이들이 태어나고, 또 특별할 것 없는 많은 일들, 그런 무수한 사건들이 일어나고 또 잊힌 다른 도시와 마찬가지로, 특별할 것 없는 이곳에서.

심야버스에서.
매일의 식탁에서.
그리고, 핀으로 나비의 날개를 고정하던
빈 교실의 작은 책상에서.

나는 지켜보았습니다.
투명한 심장처럼 팔락이던 한 쌍의 날개가
독에 취해 서서히 굳어가던 것을.

*

맞아요. 전에는 교도소가 진주 시내 한복판에 있었지요.

십수 년을 여기서 떠나 있다가 최근에야 돌아와 운전대를 잡고 있으려니 말입니다.

이제 기억이 납니다.

그게 그러다, 계속 도심에 있는 건 좀 그렇지 않나, 문제가 있는 거 아닌가, 해서 90년경에 옮겼을 겁니다.

당시에 땅값이나 아이들 교육이나 그런 부분에 말들이 많았을 겁니다.

제가 어렸을 때만 해도 그게 저희 집에서 국민학교 가는 길 사이에 있어서 기억을 합니다. 그때는, 딱히 이상한 것도 아니었고요.

네, 진주에 양심수 몇 명이 있었습니다.

오래전에 교도소가 지금 자리로 옮기고 나서, 그 사람들 가족들, 친지들뿐 아니라 석방 요구하는 사람들까지 다 같이 현수막 들고 시위하면서 그 멀리까지 걸어간 일도 있었죠.

시내에서 차로 족히 한 시간은 가야 하는 거리인데 말입니다.

언론에서 보도도 딱히 되진 않았을 텐데 장관이었습니다.

진주에 이런 일도 있구나.

여기처럼 조용하고 일 없는 동네도 별로 없으니까요. 사는 사람 중에서도, 아는 사람은 아마 없을 겁니다.

먼 곳에 있었으니까요.

옛날 일이니까요.

그런데, 손님.

국밥 좋아하십니까?

진주에 오셨으면, 중앙시장서 국밥을 한번 먹어야 합니다.

육회비빔밥도 괜찮고요. 별로 볼 건 없어도 여기까지 여행 왔는데 맛있는 거라도 함 먹고 가야 않겠습니까.

뭘 드셔봤죠?

*

제가 먹어본 건 진주 시내 어딘가에 있던, 이름이 진주식당이었는데, 거기서 팔던 흰 국수입니다. 멸치로 뜨거운 육수를 내고 소면을 넣고 끓인 뒤에 계란 지단을 썰어 김가루와 삶은 고기 고명 몇 점 올린 평범한 국수 말예요.

진주에 처음 왔을 때, 엄마와 나는 오전 면회를 끝내고 갑자기 허기가 졌고 뭔가를 먹어야만 했는데요. 그래도 아무데나 들어갔다 이상한 걸 먹고 허탕을 칠 순 없다 싶어서 골목골목을 돌아 괜찮아 보이는 식당을 찾으러 다녔던 기억이 납니다. 엄마는 참 깔끔한 분이었습니다. 그도 그럴 것이 평생 남의 옷 손보는 일을 하셨으니까요. 그런 엄마가 괜찮은 식당을 찾는 기준은 참 독특했습니다. 엄마는 무엇을 파는지가 아니라 어떤 모습으로 파는지를 눈여겨보시곤 했죠.

진주식당은 겉보기에 낡고 허름한 외관이었습니다. 그래서 처음 우리는 그 집을 그냥 지나치려 했습니다. 그런데 엄마가 그 집 여자가 솥에 빨래를 넣고 푹푹 삶는 모습을 보더니 저 집에 들어가자, 하는 겁니다. 자리에 앉아 엄마가 하는 말이, 빨래 삶는 모습을 보니 음식도 깨끗이 하겠다는 거였습니다. 별다른 메뉴랄 것도 차림도 없던 그곳에서 우리는 멸치국수 두 그릇을 시켰습니다. 식당 여자는 빨래 삶던 솥 옆에 그것과 똑같이 생긴 솥을 턱 하고 얹더니 거기에 국수를 끓여주었습니다.

점심때가 지나자, 식당 여자의 아이들이 돌아왔습니다. 내 또래였습니다. 남자애 하나와 여자애 하나. 아직도 그 목소리를 생생히 기억합니다. 학교 갔다 왔나. 학교 갔다 왔다. 살면서 처음

들어보는 거친 말씨에 서울 사람이었던 엄마와 나, 우리 두 사람은 눈이 동그래져서 서로를 바라보았습니다. 싸우는 줄 알았거든요. 그들이 싸우는 게 아니라 친밀하게 대화하는 중이라는 건 한참 더 듣고서야 알았습니다. 밥 빨리 묵어라. 알았다. 놀다 온나. 알았다. 근데 어데 가나. 친구 집 간다. 잘 갔다 온나. 국수 그릇을 다 비우고 그곳을 빠져나온 뒤에도 엄마는 이따금 그 진주 여자와 아들의 퉁명한 목소리를 따라 하곤 했습니다.

학교 갔다 왔나. 학교 갔다 왔다.
잘 갔다 왔나. 잘 갔다 왔다.

그때, 엄마와 내가 헤매었던 진주 시내 인가의 골목은 우리집이 있던 서울 변두리 작은 동네의 골목과 다르지 않았습니다. 낮은 담장과 칠이 벗겨진 간판들, 빨간 고무장갑을 낀 여자들, 언 손을 호호 불며 연을 만들어 날리던 아이들. 잃어버리기라도 할까 끈으로 매단 벙어리장갑을 목에 걸고 있었던 그 아이들.

*

나는 진주에서 진주식당을 찾지 못했다.
그 골목을, 그때 그 사람들을 다시는 찾지 못했다.
처음 사천공항에서 내려 사천터미널로 향하던 택시 안에서는, 문 닫힌 거대한 상점가를 보았다. 빅마트와 부동산, 국밥집과 미용실, 치킨집과 카센터. 가게문도 창문도 간판 글씨마저도, 모든 것이 서울보다 훨씬 커 보였지만 정작 불 꺼진 지 오래되었을 적막한 거리를 보았다. 진주는 이제 사람의 흔적이 잘 느껴지지 않는 장소였다. 진주행 버스를 기다리던 사천터미널 대합실에는 나이든 남자와 여자들만 남아 있는 낡은 커피숍 하나, 간단한 식사를 겸하는 국숫집과 분식집이 하나 있었다. 표를 끊고 승차장에 앉아 있을 때, 귀대중인 어린 군인들과 화려한 원피스를 입은 러시아 여자를 보았다.

진주버스터미널 앞 거리의 많은 상점들에는 '폐업, 임대함'이라고 쓴 종이가 붙어 있었다. 주말이었지만 근처 식당에는 손님 하나 보이지 않고 유일하게 사람이 오가는 병원 하나. 흰 커튼으로 창을 가린 병실에서 무심히 창밖을 내다보는 환자, 환자들. 구급차 두 대가 정차한 병원 앞 작은 주차장, 담배 피우는 직원 하나, 휠체어 탄 환자 둘. 목발 짚은 환자 하나. 노쇠해가는 이 도시에서 큰 병원들은 나이트클럽보다도 성업중인 유일한 장소였다.

나는 버스를 하나 잡아타고 진주 시내부터 시 외곽에 이르는 길을 배회했다. 아파트 단지를 지나 또다른 아파트 단지로, 그러다 불쑥 나타나는 산과 절, 작은 고등학교, 한산한 읍내의 상점들, 논과 밭, 비닐하우스를 보았다. 이 버스의 종점에 진주교도소가 있었다. 버스를 기다리는 동안, 나는 아무 버스에 몸을 싣고 여행을 해볼까 망설이기도 했다. 십여 분 사이, 관광지 이름이 적힌 많은 버스들이 내 앞에 와서 멈추었다 또 떠나갔다. 왜 거기 서 있느냐고 묻는 듯.

어쩌다 여기까지 왔지만, 여기까지 와서도 여전히 돌아설 수 있는 거라고, 돌아서도 괜찮은 거라고, 지금이 돌아서기에 가장 좋은 때인지도 모른다고, 돌아선다 해서 반드시 무언가를 회피하는 건 아니라고 나는 내게 거듭 말하려 했다. 그러곤 물으려 했다. 거기까지 가서 무얼 볼 거라 기대했는지, 지금 이 순간까지를 포함해 왜 너는 살면서 한 번도 자신에게 너그럽다거나 관대하지 못했는지. 그러면서 지금 저 좌석 깊숙이 몸을 묻고 잠든 승객과 대파가 든 장바구니를 발치에 부려놓고 하릴없이 이야기꽃 피우는 승객들을 왜 부러워하는지. 그러니 이제라도 이곳에서 떨어진 위치의 좋은 호텔을 잡아 거기 커피숍에서 차나 한 잔 마시며 다 잊고 쉬어가도 좋다고 내게 말하려 했다.

하지만 이곳에서 여행은 불가능한 것이다. 나는 애초에 아무 버스나 타려고 했던 게 아니었다. 아무 버스나 타고 그저 한 바퀴 이 도시를 둘러볼 수는 없었다. 이 도시에 다시 와보자고 생각한 그 순간부터 나는 내가 그곳에 닿을 것임을, 닿을 수밖에 없음을 알고 있었다.

한 사람 한 사람 버스에서 내릴 때마다, 바로 지금이 저들을 따라 내릴 때라고, 내려서 다시 돌아갈 수 있을 때라고 초조하게 되뇌면서도 나는 거기 앉아 있었다. 어디로 돌아갈 수 있을지 알지 못했다. 시간이 갈수록 사람 수가 줄어들었다. 나는 가장 마지막까지 버스를 탄 유일한 승객이었다. 기사에게서 멀찍이 떨어진 중간쯤 앉아 있었는데 룸미러로 뒤를 주시하는 기사의 시선이 느껴지는 듯했다. 그가 나에게 어디를 가는지 묻는다면 뭐라 답할 수 있을까. 아무것도 묻지 않았으면 좋겠다고 생각하며, 나는 창밖을 내다보았다.

김포에서 진주로 가는 비행기를 타면 한 시간 안에 진주에 닿을 수 있다.

진주에서 진주교도소로 가는 버스를 타면 한 시간 안에 진주교도소에 닿을 수 있다.

진주 시내에서 버스로 한 시간도 안 되는 거리에 그곳은 있다.

예전에도 있었고 지금도 있다.

그리고, 그뿐이다.

그날은 일요일이었다. 감옥에도 쉬는 날이 있다는 걸 그날 알았다. 정문 옆 접견대기실에 면회는 평일에만 가능하다고 쓰여 있었다. 평일에 오지 않은 걸 후회했다. 그런데 평일에 왔다면 접견자들 틈에 끼어서 저 안에 들어갈 수 있기라도 하다고 생각했던 건가. 들어갈 수 있다면 거기서 무엇을 보고자 하는가. 그래도 평일에 왔다면 여러 사람들 속에 숨을 수 있었을 거라고, 그래서 지금처럼 기사 눈에 띄지는 않았을 거라 여기며 나는 아무도 없는 접견대기실에 앉아 있었다. 버스 기사는 회차 지점인

교도소 앞에 차를 멈추고 머물러 있었다. 차는 이십 분 후에나 떠날 예정이었다.

실내에 벽시계가 있었다. 시계는 멈춰 있었다. 시계는 멈춰 있어도 시간은 흐르고 있었다. 시간은 흘렀다. 시간은 언제나 느리게 흘러갔다. 언제나 느리게. 때로 더디게. 참을 수 없을 만큼 평온하게 시간은 흘렀다. 나는 창밖을 바라보았다. 겨울 햇빛이 실내로 스며들고 있었다. 스며든 햇빛 때문에 공기의 입자들이 보였다. 창 저편은 감옥 부지였다. 감옥의 노역수들이 가꾸는 정원과 논밭이었다. 바로 눈앞에 있는 그곳은, 그러나 다른 계절에 속해 있었다. 그곳에는 눈이 녹지 않아 희끗한 나무들이 있었다.

국민행복, 희망교정.

감옥 정문에는 큰 현판이 있고 거기 그렇게 쓰여 있었다. 감옥의 초입은 내가 살면서 보아온 여느 도청, 병원, 관공서, 대학과도 닮아 있었다. 어쩌면 그곳들의 초입이 감옥과 닮았다고 할 수도 있을까.

감옥에는 굳게 닫힌 정문이 있을 것이고, 그 앞을 지키는 사람들이 있을 거라 여겼던 내 예상과 달리 정문은 반만 닫혀 있었고 경비 초소에도 사람은 없었다. 정문 앞 진입 금지라고 적힌 노란색 바리케이드가 하나 있었다. 바리케이드는 진입을 막기에는 너무 작고 초라했다. 정문 오른편 언덕에서 사람 말소리와 차문 닫히는 소리가 들려 그쪽을 돌아보았다. 그 길에서 트럭 한 대가 내려왔다. 오른편은 감옥에서 일하는 사람들이 지내는 사택이었다. 여기서 지내고 저기로 출근하는 사람들의 집.

정문 건너에는 작은 사찰과 밭이 있었고, 스님이 밭을 돌보고 있었다. 이 절은 내가 처음 왔던 그 오래전부터 있었던 걸까. 어쩌면 감옥이 있기도 전에 이곳엔 절이 있었고, 누군가 그때도 평화롭게 밭을 돌보고 있었을지 모른다.

낮잠 자던 버스 기사가 차에 시동을 걸고 있었다. 아까 나는 마지막 승객이었는데, 이번에는 첫 승객이었다. 기사는 내게 한마디 말도 건네지 않았다. 이곳까지 오는 승객들 저마다 사연이 있을 것이다. 일요일 한낮에 여기까지 왔다가 그저 한 바퀴 둘러보고 떠나는 승객에게도 사연은 있을 것이고. 말문을 열어도 될 사람에게만 말을 꺼내는 것이 그의 경륜인 듯했다.

종점 다음 정류장에서 지팡이 짚은 노인들과 검은 피부의 외국 남자들이 올라탔다. 창밖을 보니 비닐하우스뿐인 마을이었다. 그 비닐하우스 어딘가에서 그들은 왔다. 종점에서 회차하는 이 버스 안에 탄 젊은 사람은 오직 먼 곳에서 온 그들뿐이었다. 버스 운전사나 그곳 출신일 늙은 승객들에게 외국인 남자들은 익숙한 존재처럼 보였다. 떠나간 아들딸의 빈자리를 대신하는 검은 유령들.

다시 논과 밭, 읍내의 상점들, 작은 고등학교, 산과 절, 아파트 단지에서 또다른 아파트 단지로 이르는 길을 지나 도착한 진주 시내에서, 프랜차이즈 커피집과 프랜차이즈 레스토랑, 패스트푸

드 가게들로 채워진 그 길가에서, 지나는 사람을 호객하는 화장품 가게와 신발 가게, 가방 가게, 옷집이 늘어선 그 도시에서, 나는 알 것 같았다.

이 여행은 처음부터 불가능했다는 것을.

시장 안 식당에 들어가 혼자 국밥을 시켜 먹었다. 이제는 많은 사람들이 스마트폰을 보면서 숟가락 뜨는 것을, 음식이 나오기도 전에 또다른 맛집을 검색하는 것을, 음식이 나오자 열심히 음식 사진을 찍고 어딘가에 또 그걸 전송하는 것을 보았다.

어느 가게에서나 진주말과 서울말을 섞어 말하고 있었다. 이웃에게는 진주말, 뜨내기들에겐 서울말. 시내버스 정류장에서는 학원 가는 버스를 기다리는 어린아이들이 저희들끼리는 서울말을, 집에 전화할때는 진주말을 썼다. 이제는 멀리 가는 버스나 시장통 늙은 여자들의 대화 속에서야 온전한 진주말을 들을 수 있었다. 시장의 식당을 나올 때, 늙은 진주 여자와 아들뻘의 나이든 남자 손님이 진주말로 이야기 나누는 모습을 보았다.

시가를 빠져나와 골목길로 향했다. 어느 집에선가 아직 빨래를 삶고 있었다. 그 냄새에 발길을 멈추고 한동안 서 있었다.

*

꼭꼭 숨어라 머리카락 보일라. 꼭꼭 숨어라 머리카락 보일라.

어디선가 내 눈앞으로 술래가 나타납니다. 남자아이입니다. 아이는 플라스틱으로 된 장난감 칼을 들고 정말 보이지 않는 것인지, 아니면 보이는데 보지 않으려 하는 것인지 알 수 없는 상기된 얼굴로 주위를 두리번거립니다.

어디 갔지?

골목 저편 어딘가에서 다른 아이들이 참지 못하고 웃음을 터뜨립니다. 이어서 더 많은 웃음소리가 따라서 터져나오기 시작합니다. 코앞에 두고 찾질 못하네. 바보. 멍청이. 어휴. 진짜 바보야. 이윽고 힘차게 골목을 달리는 발소리들이 탕탕 울려퍼집니다. 남자아이는 잡을 수 있었는데 일부러 놓쳤다는 듯, 소리 나는 쪽을 향해 장난감 칼을 높이 치켜들고 달리기 시작합니다.

해가 저물고 있었습니다.

아가야. 아가 어디 갔니. 밥 먹으러 들어온나.

낮은 담장 너머 이름을 부르는 어머니 목소리에 저도 모르게 뒤를 돌아보았습니다. 숨차게 골목길을 달려, 저기 저 길모퉁이로 사라져가는 조그마한 여자아이 하나를 보았습니다.

학교가 끝나고 집에 가는 길이면, 우리 반 남자아이들은 같은 반 여자아이를 뒤쫓아 붙잡는 놀이를 했습니다. 분식집이 있던 갈림길을 지나, 여자아이가 골목길로 들어서면 뒤를 따라 걷던 남자아이들이 어느 순간 우르르 쫓아가는 놀이였습니다. 나는 여러 명의 남자아이들이 살금살금 내 뒤를 밟는 것을, 양손으로 가방끈을 꼭 쥐고 온 힘을 다해 달리는 것을 좋아했습니다. 잡아라, 하고 외치면 다 함께 한 팔을 하늘 높이 들어올린 채 함성을 지르며 달려오던 남자아이들. 골목길에서 숨죽여, 나를 붙잡을 그 순간만을 간절히 기다리던 소년들을 나는 사랑했습니다.

그해가 다 지나도록, 방과후에 나는 오래된 가옥을 개조한 피아노 학원의 건반 앞에 앉아 있었습니다. 그곳에서 메트로놈을 켜고 체르니와 하농 교본을 연습했습니다. 갑자기 나타나 연습곡을 검사하면서 어느 틈에 펜으로 손가락을 때릴지 모를 원장 선생님이 무서웠지만, 오종종하게 덧니가 난 견습 교사가 좋아서 그녀가 희고 가느다란 손가락으로 연필을 쥐고 악보에 동그라미를 그려주는 것이 좋아서 나는 매일매일 건반 앞에 앉아 있었습니다.

여름이면 방역차가 흰 연기를 뿜으며 동네를 안개로 뒤덮었습니다. 나는 흰 레이스 옷을 입은 여선생이 있는 피아노 학원을 지나, 간호복을 입은 듯한 관능적인 여인이 있던 이발소와 볕 좋은 날 그녀가 문밖에 내놓은 흰 수건 더미들을 지나, 핏물이 뚝뚝 떨어지는 고기를 쇠꼬챙이에 매달아둔 정육점을 지나, 미루나무가 한창이던 그늘 아래 삼삼오오 모여앉은 동네 여인들이 남편이나 자식 이야기로 꽃을 피우며 수박을 썰어먹던 동네 상회 앞을 달렸습니다. 개나 고양이 삽니다 개나 고양이 개나 고양이를 외치고 다니던 개장수 아저씨의 오토바이와, 지우개나 4B

연필, 도화지, 물체주머니를 사러 다녔던 어둑한 문방구와, 밤이면 불이 켜지는 붉은 십자가를 매단 교회를 지나, 더는 아무것도 없는 막다른 골목의 끝까지 나는 눈을 감고도 달렸습니다.

어느 날부터인가 골목에서 나를 쫓던 남자아이들이 새로 지어졌다는 아파트가 있는 신도시로 이사가면서, 우리는 뿔뿔이 흩어졌습니다. 아파트 살 돈이 있던 그 집 엄마들은 여느 때처럼 퇴근을 하다 우리 가게에 들러 아무래도 아이들 중고등학교를 생각하니 그리 가게 되었다 아파트가 당첨되어서 가게 되었다 우리 아이랑 이 집 아이랑 오래 알았는데 헤어져 아쉽다 안부를 전하며 하나둘 먼 곳으로 떠나갔습니다.

피아노 학원이 문을 닫게 되었다는 것은 어느 날 학원 입구에 붙어 있던 작은 간판이 사라져서 알았습니다. 원장 선생님이 남편 때문에 학원을 접고 떠나기로 했다는 얘기도 한참 뒤에야 엄마에게서 전해들었습니다. 내게는 무엇이든 일단 시작하면 끝까지 꾸준히 하는 것이 중요하다고 말했던 어른들이 어떤 일을 갑자기 그만두는 이유를 아무리 생각해도 이해할 수 없었습니다. 나는 사라진 학원 앞을 지날 때마다 나를 배웅하며 손을 흔들어주던 어린 견습 교사의 모습을 떠올렸습니다. 내가 엄마 손에 이끌려 학원을 그만두던 날, 조금은 슬퍼 보였던 선생님의 옆얼굴을 떠올렸습니다.

재개발로 집집마다 하나둘 불이 꺼져갈 때도, 우리집은 마지막까지 동네를 떠나지 못한 채 남은 몇 가구 중 하나였습니다. 철거반원이 붉은 스프레이로 O와 X를 새겨둔 그 골목길에서, 어느 날 나는 누군가 벗어두고 간 신발 한 켤레를 보았습니다. 내 또래 여자아이의 것이었습니다. 신발코가 실내 쪽을 향하고 있었습니다. 급하게 신을 벗고 안으로 뛰어들어간 듯 신발 한쪽이 다른 한쪽에 반쯤 걸쳐 있었습니다. 얇은 쪽문 안으로 분홍색 발이 드리워진 그 집 내부를 살며시 들여다보았습니다. 어둠 속에서 여전히 누군가 살고 있는 듯했습니다.

아직 살고 있어요. 말하는 듯했습니다.

모든 불이 차례로 꺼졌습니다.

골목이 부서져갔습니다.

불타버린 현관을 지나 이제는 더이상 쫓아오는 사람이 아무도 없는 길에서, 두려운 것이 있어 나는 달리고 또 달렸습니다.

8장

기다림이라는
신앙

처음 붉은 것이 세상에 나타났을 때 그것은 작은 점과 같았는데, 데구르르 구르더니 가까이 다가오더니 달려오면서 점점 커지는 듯하더니 이내 자라서 아이가 되더라. 자라난 아이가 제 작은 손 작은 발로 온 힘을 다해 달리는 모습이 그렇게 예쁠 수가 없더라. 콩알만큼 작은 아이, 쥐방울만큼 작은 아이, 그 조그마한 아이가 그렇게 제 어머니를 달리게 하고 어머니의 어머니를 달리게 하더라. 아이가 달리는 만큼 세상이 커지는 것 같더라. 아이가 까르르 웃으니 그 웃음이 제 어머니를 웃게 하고 어머니의 어머니를 웃게 하더라.

예부터 아이를 홀로 키워야 하는 여인들이 있었다. 그들은 가난했고, 남편은 자신의 것이 아닌 세상의 것. 처녀 시절부터 불을 못 땐 방이 추우면 뜨거운 물을 담은 들통을 안고 자다 화상 입는 일이 흔했고, 아이가 태어나면서는 광목천을 끊어다 배냇 저고리부터 기저귀까지 직접 지어 입혔다. 친척들이 버리는 옷을 받아다 아이를 입히고 키웠다. 자신의 속옷까지도 지어 입으며 그런 속옷을 아무데서나 벗을 수 없어 선불리 목욕탕에 가지 못했다. 비가 오면 혹시라도 연탄불이 꺼질까 조바심을 내며 아궁이 앞을 지켰고, 빨래 헹군 물을 모으고 빗물을 받아 허드렛일에 썼으며, 세간살이 중 어느 하나 새것이 없었지만 세상에 가난보다 고귀한 것이 있어, 불평하는 일을 수치라 생각했다.

주님의 이름으로
여기 그가 뜻하신 사명이 있어
오늘의 고통 오늘의 시련은 복될지어다
주님만이
오직 주님만이 기억하실지어다

어머니는 서울에 온 뒤로는 교회에 다니지 않았다. 그전까지의 교회란, 노동자들을 위해 기도하고 그들을 위해 사목하던 안산의 공단 근처 지하에 위치한 작은 개척교회를 뜻하는 것이었고, 그 교회 목사와 사모는 교회에 다니거나 다니지 않는 사람들을 포함한 그 모든 이들의 가까운 친구이며 투쟁을 지지한 동반

자로서, 그들이 함께했던 그곳은 서로 고난을 인내했던 공간이었기 때문이다. 그곳에서 그들은 가난한 주님의 아이들을 함께 키웠다.

우리는 교회에 가지 않게 되었다. 신은 여기가 아닌 먼 곳에 있었으므로. 엄마와 나는 포교를 다니는 사람들에게는 우리가 안산에서 왔으며 아직도 먼 곳에 있는 교회를 다닌다 거짓말을 했다. 더 많은 돈을 벌게 해달라고, 더 큰 집을 갖게 해달라고, 더 오래 살게 해달라고, 아이가 공부를 잘해 좋은 대학에 들어갈 수 있게 해달라고, 개인을 위해 기도하는 것은 이치에 맞지 않다고 여겼기 때문이다. 신도들이 신을 위해 찬송하고 찬양하도록 하면서 정작 헌금으로 높은 탑을 세우고, 저희들은 검은 세단을 끄는 목사들의 권능은 분명 하느님이 뜻하신 바는 아니라는 걸 알고 있었기 때문이다. 우리는 십일조를 낼 수 없는 사람들이었기 때문이다. 이들 교회에서는 부를 가진 이들이 남들보다 더 많은 십일조를 냈고 십일조를 많이 낼수록 더 큰 하느님의 은혜를 입었다. 십일조를 낼 수 없는 가난한 자들은 하느님의 자손이 아니거나 성심이 부족한 자손이었다.

*

엄마가 아빠를 대신해 돈을 벌던 옷 수선집 한편, 하느님처럼 높고 신성한 곳에는 십자가 대신 족자가 하나 걸려 있었습니다.

그건 가로 길이가 길고 세로는 짧은 직사각형 모양이었는데 그 족자 오른쪽에는 그림이, 왼쪽에는 손으로 힘주어 쓴 시가 빽빽이 적혀 있었습니다. 내가 족자를 가리키며 그게 어디서 왔는지 물었을 때 엄마는 답했습니다. 아빠 친구 아저씨가 엄마 아빠 결혼할 때 선물로 시를 써서 줬지. 그리고 아저씨 누이였나 친구가 그림을 새겼어.

제목은 '먼길 나서는 두 사람을 위하여'.

엄마는 이따금 일을 하다 말고 재단대 앞에 멈춰 서 있었습니다. 벽에 걸린 시 속으로 들어갈 것처럼, 그 속으로 들어가 사라질 것 같은 뒷모습인 채 서 있었습니다.

먼길 나서는 두 사람을 위하여

너희들
모두 이리 와서 보아라
춥고 긴 이 겨울에 펄펄 뛰는 두 가슴이 만나
손 맞잡고 시집 장가 가는 것 좀 보아라
아직 사랑을 모르는 조급한 사람들아
눈물의 뜨거움과 기다림의 끈끈함을 아직 모르는 사람들아
모두 이리 와서
이 사랑을 보아라

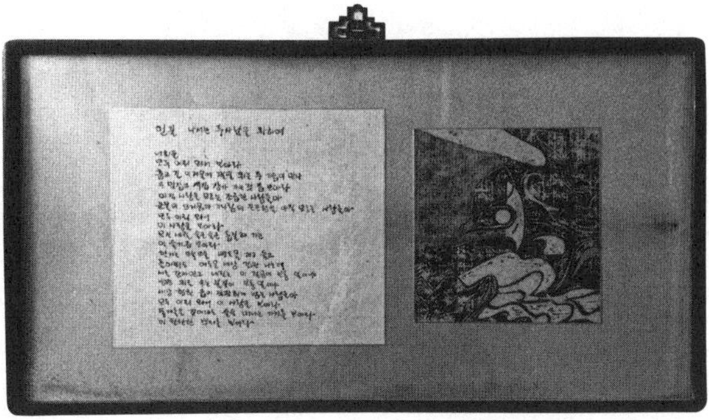

모진 세월 슬근슬근 톱질하는
이 슬기 좀 보아라
한기는 으슬으슬 뼈 속을 파고들고
돌아봐도 어두운 세상 겁만 나는데
서로 감싸안고 내딛는 이 걸음이 보통 일이냐
빙판 위로 솟는 불꽃이 보통 일이냐
세상 거친 굽이 팍팍하게 넘는 사람들아
모두 이리 와서 이 사랑을 보아라
똥개들은 짖어대도 슬슬 떠나는 기차를 보아라
이 탄탄한 뿌리를 보아라

오래전, 한 여자와 한 남자가 있었다.

어느 날 남자는 홀로 먼길을 떠나야 했다. 떠나기 전, 남자는 여자를 찾아갔다. 그는 여자에게 돌아올 때까지 자신을 기다려줄 수 있겠느냐 물었다.

여자는 한참을 생각했다. 그는 눈이 기름하고 수줍은 청년이었다. 말수가 적지만 필요한 말을 꺼낼 때는 누구보다 목소리에 힘이 있는 사람이었다. 언젠가부터 자꾸 자신을 찾아와 곁을 맴돌던 그이가 이번에는 떠나야 한다는 소식을 갖고 찾아왔다. 여자는 겁이 났다. 그런 이를 기다린다면, 앞으로 어떤 삶을 살게 될지 사방이 캄캄해 한 치 앞도 보이지 않았다. 무턱대고 백 년을 기다려달라는 말을 들어주었다가 기다림에 지쳐 절벽에 핀 흰 꽃이 되고 말았다는 옛이야기도 있지 않은가.

그녀는 가지 않으면 안 되느냐고 물었다.

그는 가야 한다고 답했다.

그녀는 꼭 가야 하느냐고 물었다.

그는 가지 않으면 안 된다고 답했다.

그녀는 결국 고개를 끄덕였다. 그로써 기약 없는 기다림을 승낙했다.

그날 두 사람은 첫날밤을 보냈다. 혼인을 축하하는 가족이나 친지, 친구 하나 없고, 금반지나 패물, 원앙금침도 없었지만 약수 한 사발 떠놓고 하나됨을 약속했다. 함께 베개를 베고 누워 손을 맞잡은 채 긴 밤을 지새웠다. 두 사람에게는 아무 일도 일어나지 않았다. 그들 사이에는 맹세라는 칼 하나가 놓여 있었다.

새벽이 오자, 남자는 먼길을 떠났다.

그녀는 사랑이 무엇인지 알기도 전에, 기다림이 무엇인지 채 알기도 전에 그 속으로 뛰어들기를 선택했다. 날 때부터 사랑을 아는 자는 없다. 날 때부터 기다림을 아는 자는 없다. 알기도 전에 뛰어든 자만이 오직 그것을 아는 자가 될 수 있다.

잘 알지 못하는 이를 향한 긴 기다림은 사랑이 되었다.

병이 되었다.

사랑이고 병이 되었다.

*

어느 해 봄이었다.

교회가 있던 그 낡은 연립빌라 꼭대기에는 점집도 하나 있었다. 여느 집들과 다름없는 가정집 창문에 붉은 글씨로 선녀보살이라 적혀 있었다. 아이를 데리고 출퇴근할 때마다 그녀는 왠지 그 글씨를 눈여겨보았다. 그러나 하느님을 생각하자면, 그건 안 될 일인 것 같았다. 잠시 눈여겨보다가 고개를 돌렸다.

야근하고 집으로 가는 길, 배고프다는 딸에게는 포장마차에서 산 김밥 한 줄을 손에 들려주었다. 대나무 발로 돌돌 말고 또 꾹꾹 눌러 모양을 낸 뒤, 그 위에 참기름을 쓱쓱 바르고 깨를 뿌린 김밥 한 줄. 칼로 썰지 않은 김밥 한 줄. 시금치와 우엉, 당근과 노란무뿐인 김밥 한 줄이었지만 아이는 은박지에 싸인 김밥 한 줄을 들고 통째로 먹는 것을 행복해했다.

거기서 버스로 한 정거장 거리에 상점가가 있었다. 그녀는 아이 손을 잡고 거기까지 걸어내려갔다. 원피스를 차려입은 쇼윈도 마네킹을 지나 색색의 속옷들을 내어놓은 상점 앞에 얼마간 멈춰 서 있었다. 속옷을 사면 쌀을 살 돈이 없으니까, 아무래도 속옷은 지어 입는 편이 낫겠다고 생각하면서도, 발길은 좀처럼 떨어지지 않았다.

형수님. 왜 여기 서 계세요.

남편을 아는 후배였다. 그는 속옷 가게 안으로 그녀와 딸을 끌고 들어갔다. 필요한 게 있으면 뭐든 다 고르라는 그의 말을 한참 뿌리치다가, 망설임 끝에 그녀는 제일 값싼 흰 팬티 하나를 집어들었다. 가슴 깊은 곳에서 울음처럼 새어나오는 것이 있어 겨우 고맙다는 말을 꺼낼 수 있었다.

상점을 나섰을 때 갑자기 사람들의 함성이 들려왔다. 최루탄이 터졌는지 삽시간에 흰 연기가 안개처럼 자욱이 퍼졌다. 데모하는 사람도 진압하는 사람도 눈앞에 보이진 않는데 거리의 사람들은 어느새 눈물 흘리며 기침을 하고 있었다. 그녀는 가방에서 손수건을 꺼내 아이의 코와 입을 막아주었다. 방패를 들고 어디론가 뛰어가는 전경들의 규칙적인 군홧발 소리, 가로막힌 차들이 내는 경적 소리가 대기를 찢듯 날카롭게 울렸다. 그들은 꼭 남편을 잡으러 가는 사람들 같았다. 남편은 그들을 피해 저 안개무리 너머로 달아나고 있을지도 몰랐다. 연기에 휩싸인 거리에서 그녀는 한동안 아이를 껴안고 서 있었다.

*

그 도시를 떠나기 전, 그녀는 아이를 데리고 점집을 찾았다.

선녀보살은 무당처럼 화려한 옷을 입지도, 울긋불긋한 구슬이나 방울을 들고 있지도, 맨발로 칼 위를 걷지도, 모자를 쓰고 춤을 추거나 신들린 듯 말하지도 않았다. 선녀보살은 보통 여자 같은 옷차림을 하고, 보통 여자처럼 말하는 사람이었다. 선녀보살은 그 집에서 혼자 살며 일했기 때문에 찾아오는 사람이 벨을 누르면 반가운 친구를 맞이하듯 직접 문을 열어주기까지 했다.

찻상도 밥상도 아닌 작은 교자상 하나를 사이에 두고 그녀는 선녀보살과 마주앉았다. 무당에게 말 한마디를 더 들으면 그때마다 얼마간 돈을 더 내야 한다는 이야기를 들은 기억이 있어 미리 형편이 어렵다는 말을 꺼냈다.

선녀보살은 그럼에도 말했다.

지금의 고통은 언젠가 반드시 복이 되어 찾아들 것이다.

하늘만은 그것을 기억할 것이다.

선녀보살은 액을 막는 작은 부적을 써주었다. 엄지손가락만한 크기의 붉은 부적에는 금색 글씨로 된 작은 한문들이 촘촘히 적혀 있었다. 그 작고 붉은 주술 역시 또다른 하느님의 말씀이었다. 또다른 하느님의 말씀은 평생토록 그녀의 작은 손가방 속에 고이 간직되어 있었다.

*

하느님

듣고 계십니까

그렇다면 어찌하여 이 많은 사람들

당신의 가난한 아들딸들의 슬픔을 모르는 체하십니까

하느님 보고 계십니까
이 추운 겨울 독방에 갇혀 있는
우리 남편 우리 아이 아빠들의 시간을

대공분실 앞에서 구치소 앞에서 잡아간 사람들을 내놓으라고
모른다고 고개를 젓는
그 새카맣게 어린 전경 애들 앞에서
경찰청장 나와라 구속자들을 내보내라 불법 감금 중지해라
하늘이 무섭지 않느냐 천벌을 받아 뒈질 것이다
천상 배운 적 없던 쌍욕을 하고
혹여 거기 어디 맞고 있지는 않을까
나무를 타고
간신히 나뭇가지에 매달려 여보 내가 여기에 와 있다 우리가 있다
당신을 구하러 우리가 가마
들릴 수 있게 당신이 들을 수 있게 온 힘으로 소리소리 지르고
그러다 주저앉아 슬퍼할 새도 없이
돌을 던져야 하는
우리들 우리 엄마들의 시간에
그렇다면 어찌 응답하지 않으실 수 있습니까

하느님
진정 들립니까
당신이 죽은 게 아니라 거기 있다면
진짜 거기에 있긴 한 거라면

이 나쁜 새끼야
하느님 너는 개자식 개자식이야

어머니는 십자가를 지니지 않았다.

성경을 읽지 않았다. 그러나, 기도했다.

그러자 비밀한 사랑과 마찬가지로, 그 신앙은 누구도 침해할 수 없는 유일한 것, 독자적인 것이 되었다.

*

여전히 그 시간들은 도처에서 떠오릅니다.

오늘날 은행에서, 구청에서, 동사무소에서 송금을 하거나 민원을 넣고 서류를 발급받기 위해 서식을 작성하는 테이블에서.

교도소 민원실 한쪽 구석에 놓인 붉은 인주와 두루마리 휴지, 그리고 줄에 묶여 있던 모나미 볼펜, 그것들이 내 눈높이 정도로 높이 있어서 까치발을 하고 보아야 했을 때였습니다.

신청인 한글 이름

신청인 한문 이름

수감자 이름

수감자 한문 이름

수감자와의 관계

주민번호

주소

연락처

신청 내용/ 수량

날짜 및 이름 사인

매번 간식 신청을 하긴 하지만 매번 또 무얼 보낼까 고민하면서, 엄마와 나는 신청 양식에 적힌 간식 목록을 들여다보았습니다. 동그라미로 번호를 표시해 적어넣었습니다. 메뉴가 거의 정해져 있어 비슷비슷할지라도 간식을 고를 수 있다는 건 신나는 일. 나는 아이스크림이 가득 담긴 아이스박스 앞에서 백원으로 살 수 있는 몇 가지 하드를 놓고 곰곰이 고민하는 평소처럼 즐거운 생각에 잠깁니다.

국물이 있는 작은 오뎅, 냉동 닭다리 한쪽, 밤맛이 나는 갈색 양갱.

투명한 청포묵처럼 아니면 곤약처럼 생긴 양갱. 양갱은 도무지 맛이 없는데 어른들은 양갱을 좋아하는구나. 어른이 되면 양갱과 취나물과 쑥갓과 깻잎을 좋아하게 될까. 완두콩이나 강낭콩을 넣어 지은 콩밥을 좋아하게 될까. 닭볶음탕에 들어간 익은 당근과 양파를 좋아하게 될까. 엄마가 집에 돌아와 아빠에게 넣었던 것과 같은 양갱을 사먹는 모습을 보면서 아빠도 같은 것을 먹고 있을까를 생각했습니다. 만약 그렇다면 그것은 같은 것을 나누는 시간일 수 있을까를 생각해보았습니다.

신청서를 쓸 때마다
흘러내리는 모나미 볼펜의 잉크 때문에
매번 종이에는 검은 불이 번진 자국이 남았습니다.

캄캄했으니까
의도 없이도 그것은 흐르곤 했으니까.

*

두 눈을 감습니다.

입을 열면 김이 새어나오는 한겨울 감옥의 차가운 방안에서.

교도관은 창살이 있는 문 바깥에서 죄수 번호를 호출하고 당신은 당신의 번호로서 대답합니다. 그를 따라 당신은 그곳을 걸어나옵니다. 복도를 한참 걸어 교도소장을 만납니다. 서로 목례로 아침 인사를 합니다. 두 사람은 아버지와 아들처럼 말이 별로 없습니다.

오늘은 특별면회의 날. 특별면회는 일반면회와 달리 면회를 신청한 사람과 수감자가 창살을 사이에 두지 않고 직접 만날 수 있는 날입니다. 당신은 담장이 보이는 교도소 마당을 지나 작은 일층 건물로 들어섭니다. 그곳 접견실에 이미 당신의 아내, 당신의 딸이 와 있습니다. 당신은 아내와 먼저 눈을 마주칩니다. 눈이 입을 대신해 말을 합니다. 당신은 포승줄도 없이 자유로운 손으로 아내와 손을 잡습니다. 손이 입을 대신해 말을 합니다. 한 발짝 뒤에 문을 열고 교도소장이 들어섭니다. 그는 그 방에 서 있는 여자아이를 보고, 가까이에서 그애 머리를 쓰다듬어줍니다. 아버지처럼 두터운 손입니다. 아버지처럼 커다랗고 따뜻한 손입니다.

그 손을, 잊지 못합니다. 그 손이 딸을 힘껏 들어올려 당신에게 당신의 아이를 건넵니다. 너무 높이 들어올린 나머지 접견실 낮은 천장 가까이 붙어 있던 난로 연통에 머리를 찧었습니다. 너는 키가 크구나. 장차 큰사람이 되겠구나. 그곳에서 아버지와 어머니, 교도소장 말고도 많은 어른들이 이 면회를 지켜보고 있는데 그들은 함께 웃는 것 같은데 그들이 누구인지는 영원히 알지 못합니다. 이른 아침부터 먼길을 왔습니다. 차를 몇 번이나 갈아탔습니다. 머리에 얼얼한 통증을 느낍니다. 더 생각할 겨를도 없이 한 손에서 다른 한 손으로 나는 건네집니다.

아빠가 이처럼 반갑게 안아주었던 기억이 없습니다. 아빠는 딸을 한 손에 안은 채 아내와 아이에게 한 남자를 소개합니다. 이분은 좋은 분이시다. 남자는 우리에게 고개 숙이고 환한 미소를 지어 보입니다. 우리는 그분이 좋은 분이라는 생각을 합니다. 우리는 그분이 좋은 분이라고 믿고 싶다는 생각을 합니다. 좋은 분의 인상을 가진 분. 그분은 나에게 아빠를 존경한다고 말합니다.

그분은 오늘 이 자리를 만들어준 사람.
그분은 여기서 일하는 사람.
그분은 아버지를 존경하는 사람.
그분은 아버지를 감옥에 가두고 있는 사람.

아빠가 없다면 그분도 할일이 없을 것이므로, 그분이 없다면 아빠도 여기 있을 일이 없으므로 두 사람은 서로를 잘 압니다. 운동장에서 배드민턴을 같이 칠 수 있을 만큼, 함께 족구를 할 수 있을 만큼, 불을 붙여주고 담배도 나누어 피울 수 있을 만큼 둘은 서로를 이해합니다.

그때 얼마나 오랜 시간이 흘렀는지 모릅니다. 얼마나 짧은 시간이 흘렀는지 모릅니다. 아버지는 다시 돌아섭니다. 기억하는 것은 언제나 뒷모습입니다.

푸른색 옷을 입고 재판정에 서 있던 한 남자.

법원 방청석에 앉아 있던 사람들은 판결문 낭독과 함께 일어나 박수를 쳤습니다. 그래서 감옥에서 살게 되었다는데 다들 왜 박수를 치는 걸까. 어떤 사람들은 알 수 없는 구호를 외치고 어떤 사람들은 노래 부르고 어떤 사람들은 눈물 흘리면서 거기 선 뒷모습의 아버지들을 연호했습니다. 아버지가 한 사람이거나 두 사람이거나 세 사람 네 사람 다섯 사람일 때에도, 아버지가 다섯 사람이거나 네 사람이거나 세 사람 두 사람 한 사람일 때에도, 사람들은 우리가 서로의 가족인 것처럼 함께 그 자리를 지켰습니다. 나도 따라 일어나 관객처럼 박수를 쳤습니다.

아빠는 다른 아빠들 틈에서 우리를 향하여 포승줄이 묶인 손을 흔들어 보였습니다.

*

소실된 편지

아빠.
저의 손이에요.
저의 발이에요.
저는 이만큼 자랐어요.

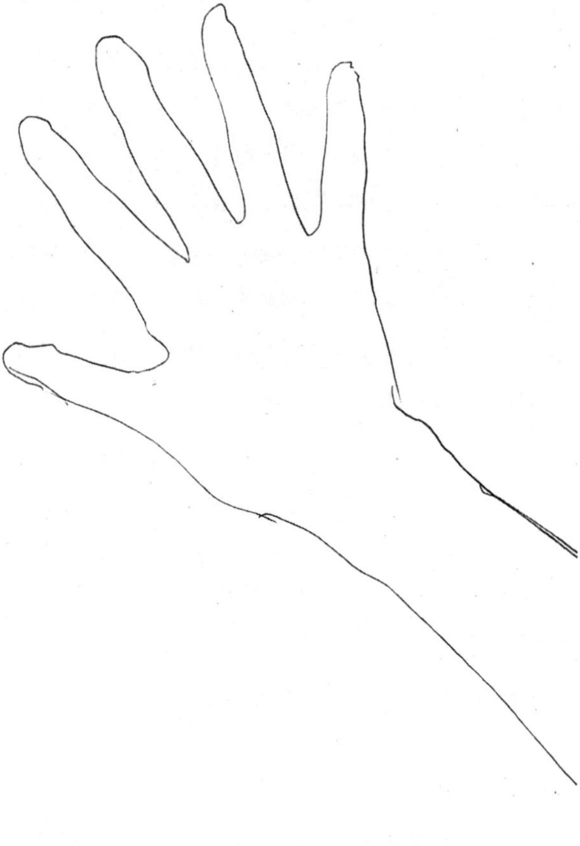

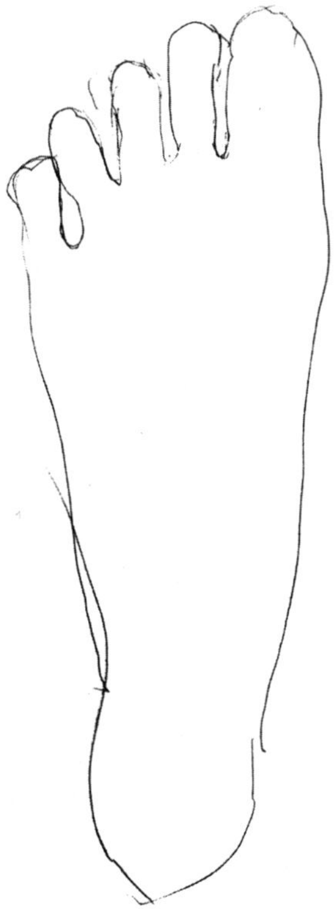

*

이제 아저씨는 곧 죽을 거니까, 손을 한 번 잡자.

나는 내 친구의 아빠이자 우리 아빠들의 동지, 나의 아빠들 중 하나였던 아저씨가 누워 있던 서울대학병원 병실에서 그의 손을 잡았습니다. 아저씨는 나에게 귤을 내밀고 나는 오렌지빛 그것을 받아서 아저씨와 함께 먹었습니다. 아저씨는 음식을 씹을 수도 삼킬 수도 없는 몸이었는데 나는 우리가 같이 먹었다고만 생각했습니다. 아저씨는 고문과 고된 수감 생활로 인해 위암을 얻었습니다. 수갑을 차고 독방에 갇혀 있었다 했습니다. 머리가 깨질 듯 아프다고 하면 교도관들은 꾀병 부리지 말고 참으라고 화를 냈다 했습니다. 아프다고 너무너무 아프다고 바닥을 데굴데굴 구르면 그제야 대충 한번 살펴보고는 아스피린을 처방해줬다 했습니다. 아무도 아저씨를 병원에 데려가주지 않고 감옥에 내버려두었다 했습니다.

아저씨가 감옥에서 죽는 게 겁이 난 사람들은 아저씨가 죽을 때가 되어서야 감옥에서 풀어주었습니다. 풀려난 아저씨는 말기 암 선고를 받고 죽기 전까지 병원에 있었습니다. 엄마는 어느 날 내 손을 잡고 아저씨에게로 갔습니다. 병실 문 앞에서 엄마는 아저씨가 많이 아프시고 언제 돌아가실지 모르니까, 우리가 얼굴을 보고 인사하는 거라고 말했습니다. 병실 문을 열고 들어설 때 본 아저씨는 내가 기억하던 아저씨와는 달랐습니다. 병상에 누워 있던 사람은 온몸이 다 타버린 식물처럼 비쩍 마른 남자였습니다.

왔구나. 네가 왔구나.

아저씨는 침대에 기대앉은 채로 엄마와 나를 향해 미소 지었습니다.

그는 죽는 순간까지 누군가에게 손 내미는 일을 멈추지 않았습니다. 육신의 빛이 모두 꺼졌지만 두 눈만은 여전히 빛나는 채로 그는 찾아온 모든 사람들과 손을 잡았습니다. 그것이 한 인간에게 정말로 불가능한 일이었다는 것, 기적에 가까운 일이었다는 것은 많은 시간이 흐른 뒤에야 알았습니다.

아저씨를 화장하고 마석공원에서, 검은 옷 흰옷을 입은 어른들 사이에서, 아버지가 없는 아저씨의 두 딸과 나는, 이름도 모르는 그들에게 고개 숙여 인사하고 또 인사했습니다. 그후로 명절에 우리집은 더이상 아저씨 없는 아저씨 가족을 만나 함께 떡국을 먹고 미역국을 먹었습니다. 엄마는 그 집도 만날 사람들이 없기 때문에 명절에 우리가 만날 수 있는 거라고 그곳으로 가는 버스 안에서 이야기해주었습니다. 오랜만에 만난 두 엄마들이 이야기 나누며 함께 먹을 떡국을 끓일 때면 우리 세 여자아이들은 크레파스로 사인펜으로 함께 그림을 그리고 색깔 찰흙으로 가짜 송편을 빚으며 놀았습니다. 아저씨가 없어 이제는 아줌마 혼자 쓰는 안방 침대 위에서 신나게 베개 싸움을 하다 잠들었습니다.

우리는 어른들처럼 경찰을 짭새라고 부르고 또 짭새들을 비웃으면서, 언제든 들이닥칠지 모르는 그들, 그러나 그들의 파괴적인 힘이 진짜 어떤 것인지는 잘 알지 못하면서, 함께 모여 아이들을 키우던 어머니들을 엄마가 아닌 선생님이라 부르며, 살았습니다.

아빠의 일터인 노동자 상담소가 있던 안산을 떠나 홀로 서울에서 옷 수선집을 열기 전까지, 엄마는 노동 교회가 운영하던 탁아소 선생님이었습니다. 탁아소는 엄마의 일터였고 내가 다른 노동자의 자녀들과 함께 자라던 곳이었습니다.

네가 나를 엄마라고 부르면, 엄마 없는 다른 아이들은 슬플지도 모르잖니.

엄마는 나를 데리고 출근하는 아침마다 되풀이해서 사정을 이야기하곤 했습니다. 나는 묵묵히 엄마가 하는 말을 들었습니다. 알겠다고 고개를 끄덕였습니다. 다른 아이들을 만나기 몇 분 전부터 나는 엄마와 손을 잡지 않고 혼자 길을 걸었습니다.

아저씨는 어느 날 한 권의 책이 되어 우리집에 돌아왔습니다.

나는 책 속에서 그의 마지막 손을 보았습니다. 그가 마지막으로 나에게 건넨 찬란한 오렌지 빛깔을 보았습니다.

9장

파도는
묻습니다

냉장고 위로 『세계철학사』가 쌓이는 시간. 버리지 못하는 것들로 인해 위독한 밤입니다. 당신은 오지 않고, 당신은 비에 젖어가는 옷깃. 지금쯤 어느 골목을 헤매입니까.

퇴각하라. 사복 입은 남자들의 호루라기 소리를 듣는 밤입니까. 벽에 걸어놓은 꽃이 조용히 말라가고 있습니다. 박쥐처럼 그렇게, 거꾸로 매달리기도 하는 밤입니까.

물속에서 눈뜨는 밤입니까. 그네를, 자꾸만 나는 그네를 탔고 누구에게도 공중을 빼앗기고 싶지 않고, 그것만은 나의 것. 쇠사슬의 맛이 피 같아, 지상으로 내려오고 싶지 않았습니다.

반지층의 빛이 적요로운 시간이었습니다. 모자를 눌러쓴 남자들이 두려워. 커튼을 친 어둠 속, 아름다운 여선생은 가는 팔로 나의 목을 껴안았습니다.

믿겠습니까. 거리 한복판에서 타오르던 흰 불과, 버스 문이 열린 순간 내가 떨어뜨렸던 색연필의 찬란한 빛깔들을. 손수건으로 얼굴을 가리며 기침하던 사람들 틈에서, 엄마의 다리 사이에 앉아 이 풍경을 내가 보았다면.

잘 살아남기 위해 엄마가 부적을 받으러 떠난 집에 남아, 종일 햇빛을 모으고 있었다면, 결국은 마음 때문입니까. 아니면 무관합니까 우리는. 꽃다발을 들고 거리로 나오던 졸업생들처럼 아름다움을 향해 쏟아지고 있는 게 아니었나요.

오렌지를 좋아했지요. 뼈가 드러난 손으로 웃던 투사는, 오렌지를 먹고 당신의 집으로 찾아와 책이 됩니다. 아니, 동지들은 모두 책으로 된 벽이었던가요.

물러나라. 목적어가 없는 피켓을 들고 당신들은 불시에 흩어집니다. 그렇게 햇빛이 사라진 곳에서 어느 날 다시 눈을 뜹니까. 엎드려 손을 머리 위로. 명령어로 이루어진 세계에서 여전히 손과 발이 없는 감정을 연습합니까.

바다의 뼈가 부서지는 소리를 들으며 파도는 묻습니다.

아버지.
나의 피는
검게 수직으로 고동칩니까.

10장

한 남자는 얼마나 많은 골목으로 이루어져 있습니까

한 남자는 얼마나 많은 골목으로 이루어져 있습니까.
한 여자는 얼마나 오래 서서, 당신을 기다리는 중입니까.

당신은 오지 않고
당신은 비에 젖어가는 옷깃.
서서히 죽음에 길들여지는 공포처럼

당신은 아픕니까.
쓰라립니까.
돌아섭니까. 돌아서 걷기 시작합니까.

비 오는 거리, 우산을 쓰고 걸어가는 사람들이
모두 뒷모습입니다.

*

전화를 받았습니다. 늙은 남자는 마치 어제 헤어졌던 사람처럼 내게 안부를 묻고 있었습니다. 사람이 나이가 들면 시간 감각이 둔감해져서, 십대에는 마치 일 년 같던 하루가 이십대 삼십대 사십대를 지나면서는 점점 더 짧아지고 그러다 일 년이 하루 같아진다던 말을 떠올렸습니다. 아버지를 떠올렸습니다. 여행에서 언제 돌아오는지를 묻는 그의 말끝에는 어떠한 말도 더 이어지지 않았지만, 오랜만에 다시 한번 보고 싶다는 마음을 숨기고 있다는 사실을 알 수 있었습니다.

늦은 밤, 따뜻한 정종을 두고 마주한 테이블에서 그는 할말이 없을 때면 늘 그랬듯이 나의 신변에 관해 계속 묻고 있었습니다. 이미 누군가에게 들었거나 살펴서 알 만한 안부를 묻고 있음을 서로 알았겠지만 말하지 않았습니다. 나는 그가 이제는 정말로 내게 할말이 없어졌다는 사실에, 내게 했던 말과 다른 사람들에게 했던 말을 구별해 기억하지 못한다는 데, 작은 상실감을 느꼈습니다.

어머니.

그의 어머니는 그가 영원히 찾을 수 없는 어딘가에 있어, 매일 그로 하여금 정처 없이 집밖을 떠돌게 했습니다. 그가 술에 취할 때면 한 여인에게서 그 모습을 발견한 날도 있었습니다. 그러나 그것은 다음날이 오면 신기루처럼 아프게 사라졌습니다. 한 여인은 두 여인이 되고, 두 여인은 세 여인, 세 여인은 네 여인, 수십 수백 수천의 여인은 다시 마음속 그 한 여인으로 되돌아오곤 했습니다.

함께 있으면 장성한 남자가 아닌, 아주 작고 어린 남자아이가 되었던 그 늙은 아들이 내 앞에서 계속 말을 하는 동안, 나는 테이블 위에 놓여 있던 성냥갑 속 성냥을 꺼내 하나씩 불을 붙이곤 그것이 타오르는 것을 지켜보았습니다. 깡통 속엔 붉은 것들이, 다 타버린 것들이 차올랐습니다. 열어둔 창문 틈으로 거센 바람이 일었습니다. 가슴속에 품었던 병들고 어린 흰 새는 다시 어딘가로 날개짓을 하려 하고 있었습니다.

그는 그것을 보지 못한 것 같았습니다.

*

소실된 그림일기

여자아이는 팔절 도화지 위아래를 정확히 이등분하여 검은색 크레파스로 금을 긋는다. 가운데 테이블 하나를 그리면, 테이블

한가운데로 검은 금이 지나게 된다. 금이 그어진 위쪽 테이블 앞에 아버지가 앉아 있다. 금이 그어진 아래쪽 테이블 앞에 여자아이와 어머니가 앉아 있다. 일반면회실 공간을 뜻하는 흰 면은 이 세 사람에 비해 아주 크고 넓어 보인다.

아버지가 있는 위쪽으로 한 남자가 앉아 있다. 그에게는 책상이 있다. 종이와 펜이 있다. 그는 그곳에 있다. 언제나 있다.

익명의 남자. 서기. 국가의 합법적 기록원.

공기처럼, 우리가 숨쉬고 우리가 말하는 모든 곳에.

호흡마저 그들의 것이라는 사실이 불편하다.

엄마의 재단대 위에 놓여 있던 제도용 컴퍼스.

컴퍼스 홈에 연필을 넣고 지름을 육 센티미터 정도로 맞춰 나사를 조인 다음 종이 위에서 백팔십 도만 돌리면 실제로 그날, 그때, 그 자리, 그들 사이에 놓여 있던 작은 반원을 만들기에 충분할 것이다. 영화관에서, 관광지의 매표소에서 언제나 마주칠 수 있는, 상대의 입술만을 주의깊게 읽게 하는 그 작은 통로가, 위와 아래를 가르는 금 위에 놓여 있다. 이쪽과 저쪽을 가르는 금 위에 놓여 있다.

검은 금의 중앙에 있다. 그들 사이에 있다.

작은 점들이 있다.

그 점은 당신의 말과 숨을 바깥으로 전달하는 구멍들이다.

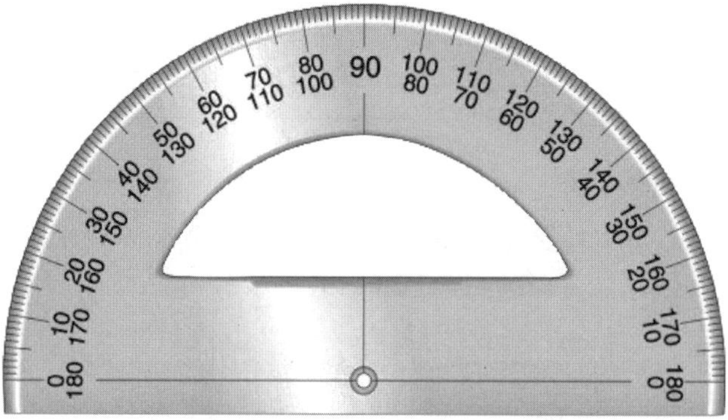
0 10 20 30 40 50 60 70 80 90 100 110 120 130 140 150 160 170 180
180 170 160 150 140 130 120 110 100 80 70 60 50 40 30 20 10 0

이제 말하시오.

모든 것을 말하시오.

그 사이로.

오직, 그 사이로만.

*

꿈을 꾸었습니다.

우리는 간밤에 갔던 술집 테이블을 사이에 둔 채 마주보고 앉아 있었습니다. 소란한 술집이라 목소리를 잘 듣기 위해 테이블 앞으로 의자를 바짝 당겨 앉았습니다. 그런데 이상한 일이었습니다. 당신은 말을 하고 나는 듣는데 이상하게도 그 말이 내 귀에 하나도 들리지 않는 것이었습니다. 나는 당신 입술을 보고 말뜻을 읽으려 무진 애를 쓰고 당신 입술은 분명 무언가 말하는 것 같은데 조금씩 움직이는데 거기엔 소리가 없었습니다.

분명 우리는 하나의 테이블 앞에 마주앉아 있었습니다.

그런데 당신과 나 사이의 거리는 머나먼 들판처럼, 태평양처럼 멀고도 깊었습니다.

아득했습니다.

그것이 아버지와 내가 오래전 마주앉았던 면회소 테이블과 다르지 않다는 것을 깨닫는 데는 오랜 시간이 걸리지 않았습니다.

빛은 잘 들어옵니까.
바람은 불어옵니까.

커튼을 젖혔습니다. 찬란한 햇빛이 쏟아질 줄 알았는데 커튼을 열어도 사방 어둠뿐이었던 반지하의 실내에서 나는 이 집의 주인을 돌아보고 있었습니다.

언제나 이상한 일이었습니다.
세입자가 집주인에게, 우리가 죄수에게 묻는 질문이 동일하다는 것은.
우리가 가둘 수 없는 것의 안부를 묻는 일은.

시간이 다 되었습니다.
더 말할 것은 없습니까.

우리의 대화를 받아 적던 간수가 이제 시간이 다 되었음을 알립니다. 바깥엔 눈이 내리고 있습니다. 더 말할 것은 없습니까. 당신은 고개를 들고, 그러자 그곳에 없던 작은 창문 하나가 생겨납니다. 그 창 너머로, 오랜 시간 감옥의 겨울을 견디고 지내온 나무 한 그루가 엿보입니다. 그 나무만이 당신을 바라봅니다. 그것이 나무의 삶이므로. 나무는 기다리는 일을, 가만히 시간을 견디는 일을, 그러니 삶을 결코 멈추지 않을 것입니다. 쌓인 눈 때문인지 무거워진 가지가 서서히 휘어집니다.

그때, 가지 위에 앉아 있던 새 한 마리가 퍼드득 공중으로 날아오릅니다. 진공인 듯했던 세계에 눈 떨어지는 소리가 들립니다. 눈으로 인해 시야가 갇힌 듯 막막해지지만 소리는 더 깊고 멀리 울려퍼집니다.

새들의 농담처럼, 지저귀는 소리만이 거기 남습니다.

교도소장이 존경한다고 말했던 아버지의 휘파람소리만이 거기 남습니다.

빛은 잘 들어옵니까.
바람은 불어옵니까.

당신과 나 사이
들판 같은 책상 위로
캥거루 한 마리가 뛰어가고 있었습니다.

에필로그

당신은 뒷모습이고
풍경은 흐릅니다

계시처럼
한줄기 빛이 내린다.
쓰고 있는 사람의 손 위로, 입을 달싹이며 혼자 기도하는 사람의
뒤돌아 걷는, 이제 걷기 시작하는 사람의 등 위로
위로하듯
오래전, 어느 오후처럼.

기습처럼 들이닥친다.
빛이 쓰러져 누운 자리에 그림자만이 길게 드리워진다.
없었던 일처럼 다시 잠잠해진다.
사라진, 어느 오후처럼.

*

한 남자의 뒷모습을 보았다.

철교 위 열차 안으로 겨울 햇빛이 쏟아지고 있었다.

왼손에 낡은 갈색 서류가방을 든 채, 그는 자기 앞에 놓인 유리문을 바라보고 있었다. 왼쪽에서 오른쪽으로 쉴새없이 풍경이 흘러갔다. 미래로부터 과거를 향해 한 사람이 복사되고 있는 것처럼.

그는 돌아보지 않는다. 뭔가를 말할 것 같았는데 끝까지 그는 아무것도 말해주지 않는다.

몇 개의 역을 지나 열차가 멈췄다. 문이 열리자 사람들의 입속에서, 숨어 있던 누군가의 혼처럼 하얀 입김이 새어나왔다. 삽시간에 혼들은 사라지고, 많은 사람들 틈에서 그도 열차에서 내렸다.

붙잡을 수 없다고 생각했다.

붙잡을 수 없는 뒷모습이라고 생각했다.

겨울이 끝나가고 있었다.

끝까지, 뒤돌아보지 않는 사람. 그가 누구인지 알 것 같았다.

작가의 말

나의 이야기는
당신에게 가닿기 위해 쓰인다

나의 이야기는 무엇인가.
어떤 언어로 꺼낼 수 있나.

그것은 나의 오랜 질문이었다.
어느 날, 대답과도 같은 한 권의 책을 만났다. 차학경의 『딕테DICTEE』. 그 속에서 언젠가 나와 같은 물음을 붙잡은 적 있는 사람의 목소리를 들었다. 이미 오래전 세상을 떠났으나 책 속에 그녀가 봉인해둔 목소리만은 생생히 살아 있었으므로. 나는 보았다. 책을 펼쳐 소리내어 읽으면 문장마다 납작하게 눌려 있던 글자의 혼이 되살아나는 것을.

그녀는 한국전쟁 때 태어난 전쟁 난민이었다. 4·19 이후 가족을 따라 미국으로 떠난 망명자. 먼 곳에서 온 전학생. 받아쓰기를 틀리고 또 틀리면서 낯선 언어를 몸속에 심어야 했던 이방인. 어디에서 왔습니까. 출신을 묻는 질문 앞에서 언제나 번민해야 했던 이민자.

친구와 나라와 민족과 언어를 빼앗긴 자리에서도, 누구도 앗아갈 수 없는 것은 기억이었을 테니. 종이 위에 적힌 무수한 낱말들이 찢긴 그 자리에서도, 누구도 앗아갈 수 없는 것은 본다는 것, 볼 수 있다는 것. 압제자들이 시력까지 앗아갈 수는 없었을 테니. 빼앗긴 사람은 누구보다 멀리 본다는 것을, 지금보다 어제보다 멀리, 자신의 기원보다도 멀리 볼 수 있다는 것을 알았을 테니.

그녀는 편지를 쓴다. 어머니. 어머니에게. 만주 용정에서 일본어로 학생들을 가르쳐야 했던 어린 어머니에게. 입국 심사대 앞에서 추방의 공포에 떨던 어머니에게. 어머니와 꼭 닮은 운명을 지닌 수천수만의 조선 여인들, 딸, 아내, 어머니, 그리고 이름 없는 순교자들, 그 시간 그 언어 그 역사를 향해.

빼앗긴 기억을 되찾기 위해, 빼앗긴 말을 되살리기 위해.

쉽게 읽힌다면 언제 다시 빼앗길지 모르므로, 결코 누구도 앗아갈 수 없는 비밀한 언어로.

말 더듬는, 언어 잃은 사람의 언어로.

부서져 산산이 조각나고 파열되었을지라도
그 부서진 자의 언어로.

그녀는 온 힘을 기울여 편지를 썼다.
그렇기에 시제는 늘 현재형이었다.

*

그 시기, 나는 대학의 한 강의실에 앉아 있었다.

듣고 있던 수업의 이름은 '이미지와 텍스트'. 자신의 기억 가운데 잊히지 않는 장면을 꺼내 소설로 표현하는 수업이었다. 강사는 『검은 사슴』을 쓴 한강이란 소설가였다. 그녀는 들릴 듯 말 듯 나직하고 느릿한 목소리로 말하곤 했는데 이상하게도 그 목소리엔 힘이 있어, 나는 종종 눈 감고 고개 숙인 채 귀기울이곤 했다.

그녀는 우리가 글 쓸 때, 사진가가 피사체를 마주하는 것과 같은 윤리 의식이 필요하다 했다. 이야기를 타인에게서 가져오는 것이기도 하니까. 또한 모든 소설은 얼마간 자전적이며 많은 작가의 초기 작품은 자기 이야기에서 출발한다고 했다. 그러니, 자신에게서 가장 가까운 이야기에서부터 시작해보세요.

낮이 짧아져가던 그해 가을, 나는 학교에도 가지 않고 종일 내 작은 방 앉은뱅이책상 앞에 앉아 무언가를 쓰고 있었다. 쓰다 지쳐 까무룩 잠들었다 다시 깨어보면 물속 같은 어둠이었던 그 시간, 커튼 친 창 안으로 스며들던 푸르스름한 새벽빛을 기억한다. 나는 자신만의 이야기를 쓰고 싶었다. 그녀의 나직한 목소리로부터 먼 곳에서, 그러나 나의 방식으로 약속을 지키고 싶었다.

나의 이야기를 완성하겠다는 약속.

결국, 나는 그 약속을 절반만 지켰다. 아는 이야기를 쓴다 해서 그것이 자신의 이야기가 되는 것은 아니므로. 언젠가 약속을 지키면 된다고 여기면서. **저는 저의 이야기를 끝까지 완성하지 못했습니다. 그러나 언젠가 그 이야기를 당신에게 꼭 건네고 싶습니다.** 몇 번이고 편지 썼지만, 끝내 부치지 못했다.

*

그로부터 십 년. 나는 오랫동안 그것을 쓸 수 없었다.

쓰기 시작하면 멈추지 못할 그 이야기가 두려웠다. 그래서 외면했다. 오랜 시간 나는 나의 이야기를 외면하면서, 출근길 만원 지하철 안에서, 사람들과 자꾸만 어깨를 부딪치던 거리에서, 아침부터 저녁까지 그저 자리만 지킬 뿐이던 회사에서, 다시 어깨를 움츠린 채 땅만 보고 걷던 거리에서, 차가운 유리창에 이마를 대곤 멍하니 어둠을 바라보던 심야버스 뒷좌석에서, 매일 같은 자리로 돌아오고 또 돌아왔다. 나의 이야기는 나의 삶이기도

했으므로, 나는 나의 삶을 외면하면서, 가슴속 응어리 같은 것이 까닭 없이 왈칵 쏟아지려 하는 때에도 슬픔을 냉소하면서, 멀어져가는 나의 존재를 묵묵히 일별하며 허깨비처럼 지냈다.

시간이 지나면 잊힐 거라고, 괜찮아질 거라고, 삶은 그런 거라고 자신을 타이르려 했다. 그때까지 나는 틈만 나면 내 방 불을 끈 채 죽은듯 잠을 청했고, 화장실 가는 소리가 누구에게도 들리지 않도록 유령처럼 걸어다녔으며, 아버지 어머니가 완전히 잠든 시각에 집에 들어오고서도 또다시 새벽까지 집밖을 배회했고, 아침이면 관성처럼 입속에 밥을 떠넣는 삶을 살고 있었다. 그런데 어느 날부터 내 안의 누군가가 그러한 삶을 거부하기 시작했다. **그곳으로 가자. 그곳으로.** 그 사람은 내게 진주로 가자고 했다. 나는 왜 그곳으로 가야 하는지도 모르는 채, 진주행 비행기표를 끊고 숙소를 결제하고 낯선 도시로 향했다.

그 도시에서 돌아와 나는 '진주'란 제목의 글을 쓰기 시작했다. 집이나 사람 많은 곳에서는 도저히 쓸 수가 없었다. 그래서 안국동 어디쯤의 한적한 카페를 찾아 아침 시간에 글을 쓰기 시작했다. 직장은 그만둔 때였고, 2월의 겨울이었다. 카페 뒤편으로 현대 사옥 주차장이 마주 보였다. 나는 이따금 글을 쓰다가 유리문 바깥으로 나가 층층이 산적한 고요를 들여다보곤 했다. 아래를 내려다보면 회사 후문으로 통하는 뒷골목이 보였다. 점심 무렵, 가슴에 사원증을 매단 직장인들이 삼삼오오 몰려나왔다가 팔짱을 끼곤 종종걸음으로 돌아가는 모습, 거래처로 전화하다가 급하게 담뱃불 비벼 끄는 모습을 보았다. 골목엔 마른 나무 한 그루가 있었다. 죽은 줄로만 알았는데 바람결에 차란차란 나뭇잎이 흔들리며 틈새로 햇빛이 부서지고 있었다. 살고 있구나. 모두 살고 있구나. 어느새 내 가슴에 손이 얹혀 있었다. 내게도 심장이 있다는 걸 확인하듯이.

두 달쯤 되었을까. 갑자기 지인이 내게, 필요하다면 언제고 자기 작업실을 써도 된다고 했다. 지인은 내가 어떤 글을 쓰고 있는지도 몰랐는데. 어찌된 일이었을까. 여느 때라면 애써 마다할 제안이었겠지만 바로 받아들였다. 거절할 수가 없었다. 쓰는 내내 내 안의 그 사람이 정신 나간 듯 시종 뭔가를 중얼거리고 있었기 때문이다. 그 사람은 삼십여 년 넘는 시간 동안, 누구에게도 꺼낼 수 없었던 이야기를 꺼내고자 했다. 내겐 그 사람의 긴 이야기를 견뎌줄 조용한 장소가 절실했다. 그렇게 매일같이 남의 작업실에 다녔고, 한 달 뒤 옆에 난 여섯 평짜리 작업실을 구했다.

*

그 사람의 첫 문장은 이렇게 시작된다.

두려움 많은 사람이 자전거를 타기 위해서는 먼저 하나의 운동장이 필요합니다.

그가 말문을 열었을 때, 나는 오랜 시간 잊고 있었던 기억 속 어느 초등학교 운동장으로 들어서고 있었다. 때는 1996년 겨울. 축구를 하러 몰려나온 사내아이들로 가득한 그곳에서, 이제 막 자전거를 배우기 시작한 여자아이가 하나 있다.

사내아이들은 이제야 자전거를 배운다며 여자아이를 놀려대고, 그애는 놀림받고 싶지 않아 어떻게든 자전거를 잘 타기 위해 애쓴다. 잘 보면 그애는 혼자가 아니다. 자전거 안장 뒤쪽을 붙잡아주며 함께 달리는 아버지가 있다. 교도소에서 막 출소한 아버지. 그래서 이제부터 함께 살게 될 아버지. 세상의 아버지들과는 다른 아버지. 여자아이에겐 자전거도 운동장도 아버지도 한없이 낯설다. 곧 모든 걸 포기하고 울음을 터뜨릴 것만 같다. 하늘은 그걸 아는 듯 모르는 듯 아득하고 깊기만 하다. 돌아보지 마. 앞으로 나아가야 한다. 내가 그 사람의 이야기를 받아 적길 머뭇거릴 때마다, 이런 목소리가 들려왔다.

서른둘의 내가 그간 외면했던 이야기를 쓴다는 건 열세 살 소녀가 처음 자전거 타는 일만큼이나 두려운 일이었다. 어느 날 나는 두 손으로 얼굴을 감싼 채 카페 테이블 앞에 웅크리고 앉아 있었다. 무심결에 창밖을 내다보았다. 자전거 페달을 밟으며 앞으로 나아가는 한 소녀의 뒷모습이 보였다. 소녀는 망연히 멈춰 있는 나를 힐끗 돌아보곤 천천히 멀어져갔다.

*

더이상 쓸 수 없다고 느꼈던 건 여름 즈음이었다.

기억한다는 게 무슨 힘이 있나. 그건 삶을 한 치도 나아가게 하지 못한다. 이야기 따윌 붙잡는 게 무슨 의미인가. 내 안의 그 사람 목소리가 차츰 희미해져갔다.

어느 날, 이야기의 절반이 담긴 노트북을 잃어버렸다. 원고는 어디에도 따로 보관되어 있지 않았다. 눈앞의 지하철은 이미 떠나가고 있었는데 내가 할 수 있는 일이라곤 고작 그걸 바라보는 것뿐이었다니. 지하철에 노트북을 두고 내린 게 맞는지조차 잘 생각나지 않았다. 여기저기 분실을 알리는 전화를 걸다 힘없이 집으로 돌아와 불을 끄고 누웠다.

내겐 어떤 기억이 있었고 그걸로 글을 썼고 그 글을 잃어버렸다. 그러나 이 사실을 아는 건 나뿐이다. 나는 애초에 존재하지도 않았지만, 잃어버린 책을 이제 포기해야 하는지도 모른다. 역시 그건 나의 이야기가 아니었던 걸까. 이야기 따윈 잊고 살아가라는 뜻일까. 몇 날 며칠 같은 몇 시간이 흐르고, 나의 물음에 반문하듯 기적처럼 노트북이 돌아왔다. 내겐 아직 할일이 남았다는 듯.

그날, 나는 이 이야기를 끝까지 써내야 한다는 운명을 받아들였다. 그 사람을 따라가기만 하면 된다고 생각했다. 그러자 용기가 생겼다.

*

여름부터 늦가을 사이, 나는 광화문 미국 대사관 근처에 있던 민주화운동기념사업회 사료관에 있었다. 글을 쓰면서 내 삶이 온전히 나의 것이 아님을 알게 되어서였다. 나는 뒤늦게 자전거 배우던 여자아이에 대해선 얼마간 알고 있었지만, 막상 자전거를 밀어주던 사람에 대해선 잘 알지 못했다.

어디서부터 어떻게 해야 할지 도저히 모르겠다는 생각에 무턱대고 사료관에 편지를 보냈다. 사료관의 아키비스트는 사료를 직접 열람하기는 어렵지만, 도서관 자료들은 언제든 와서 읽어도 좋다고 답해주었다. 지금은 경기도 의왕으로 이사한 사료관이 광화문에 있던 때였다. 나는 늦은 아침 아무도 없는 도서관으로 출근해 자료를 읽다가 여섯시 무렵 행촌동의 작업실로 돌아가는 생활을 이어갔다.

그렇게 광화문에서 사직동 쪽으로 걸을 때마다 떠올린 사람이 있었다. 십 년 전, 소설 수업에서 만났던 그 강사.

왜였는지 모르겠지만 그렇게 되곤 했다. 아마 그 길이 『검은 사슴』의 의선이 걸었을 길이자, 『소년이 온다』 에필로그에서 작가가 서 있던 거리였기에 그랬을까. 『검은 사슴』의 의선은 광화문 거리의 무수한 빌딩 어딘가 있던 회사에 다녔고, 흐르는 눈물도 닦지 않은 채 양손 가득 우편물 더미를 들고 그 거리를 걸었으며, 어느 날 사거리 지하보도에서 노인이 팔던 물레연을 훔쳐

들곤 맨발로 먼길을 떠났다. 『소년이 온다』 에필로그에서 작가는 '1980. 5. 18'을 시계에 입력해두고 지냈다고 했다. 그곳을 쓰는 동안 그곳에 있어야 하니까. 인적 없는 광화문 네거리에서도 80년 광주를 떠올리며 혼자 서 있었다고 했다.

바로 그 사람이 이 길에 있었다. 나는 종종 누군가 나 이전에 이 길을 걸었다는 생각을 했고 생각만으로 깊이 위로받았다. 그 목소리를 따라가면 돼. 계절은 어느새 겨울로 접어들고 있었다. 사위가 점점 어두워져 겁이 났지만, 이 세계에 질문을 던지는 일이 빛을 던지는 일과도 같다던 그 사람 말을 생각하며 나는 길을 걸었다.

*

이 년이 흘렀다.

나는 이야기를 써냈다. 그러나 바뀐 것은 없었다.

어느 날, 오랜 친구인 소설가 박솔뫼에게서 연락을 받았다. 그녀가 관심을 가지고 있던 일본 연극인 사쿠라이 다이조가 제주 강정에 와서 첫 워크숍을 여는데 같이 하지 않겠느냐고. 연극 워크숍이라면 표현을 해야 하는 것인지 내가 물었을 때, 솔뫼는 자신도 처음이라 무얼 하는지 잘 모른다고 했다. 며칠 시간을 내고 머물면서 모르는 사람 집에서 잠도 자야 한다면서 덧붙였던 말. 같이 하면 좋을 것 같아요.

사소한 계기로부터 변화를, 어쩌면 구원을 바랐던 것 같다. 나는 잘 모르는 외국 사람의 워크숍이란 것에 참여하기 위해 잘 모르는 곳으로 향하는 비행기표를 끊었다. 진주로 떠났던 그때처럼. 그리고 거기서 무슨 일이 있었나. 한 사람 한 사람 돌아가며 사흘간 다른 사람들 앞에서 자기표현을 해야 했다. 모두 서로를 잘 몰랐는데도. 그때 나는 웅크리고 앉아 어떻게든 내 차례를 미루려 했는데, 옆에 있던 솔뫼의 말. 『진주』. 그거 가지고 있어요? 그걸 여기서 읽으면 좋을 것 같아요.

이런 것도 표현이라고 할 수 있나. 나는 머뭇거리다 노트북을 펴들었다. 이십여 명의 낯선 사람들 앞에서 초고 앞부분을 읽어나갔다.

두려움 많은 사람이 자전거를 타기 위해서는 먼저 하나의 운동장이 필요합니다.

여러 사람이 어떤 이야기인지도 모르는 이야기, 내 목소리에 한동안 귀기울이고 있었다.

그날 밤, 일본인 모리 씨가 내게 다가와 말했다. For MINJU. 그녀는 '민주'라는 한국어 단어를 알고 있었다. 그전까지 내게 '민주'는 그저 민주였을 뿐인데. 그날 모리 씨가 발음한 MINJU는 꽃 이름 같았다. 그것은 때를 잘못 알고 피어난 한겨울의 흰 목련, 꽃이 죽은 뒤에도 여전히 나무 위에 남아 있는 꽃의 혼을 생각하게 했다.

그녀는 한국인들도 잘 알지 못하는 김석범의 『화산도』를 읽었다고 했다. 아버지가 감옥에 있다는 것은 어떤 마음일까. 민주주의를 위해 싸운 사람들. 일본에는 거의 없습니다. 그런 것이 어떤 것일까 생각합니다.

우리 사이를 매개할 언어가 온전하지 않았으므로, 나는 침묵과 담배 연기 속에서 언어화될 수 없는 많은 것을 느꼈다. 몇 개의 영어 단어로 이뤄진 더듬거리는 문장 속에서, 단어와 단어 사이의 간격 속에서, 그녀는 자신의 생각을 그러나 듣는 나를 향해 힘껏 표현하고 있었다. 그리고 그 표현은 말이 아니라 말과 말 사이, 비어 있는 거리 속에서 나타났다.

원고에 귀기울여주던 또다른 한 사람이 있었다. 자리를 만든 통역자 윤여일이었다. 그는 내게 다가와 물었다. 그 글은 어디서 읽을 수 있나요. 나는 그 글이 나의 서랍에 있으므로 다른 곳에서 읽을 수 없다고 답했다.

워크숍이 끝난 후, 그 사람이 많은 책을 쓰고 옮긴 작가이자 번역가임을 알았다. 나는 작품 한 편 발표한 적 없는 사람일 뿐이었는데. 그는 내게 출간 전인 자신의 원고를 보내주었다. 집에 오는 길에 메일을 확인하고는 지하철 안에서 원고를 읽으며 돌아오던 길이 선명하게 기억난다. 그는 이렇게 썼다.

"'나는 사유한다.' 그전에 얼마나 많은 것들이 나라는 이름 속에서 사유하고 있는가. '나는 존재한다.' 그전에 얼마나 많은 것들이 나라는 공동체를 이루고 있는가. '나는 쓴다.' 그전에 얼마나 많은 것들이 나와 함께 쓰고 있는가. 나는 이 사유를 홀로 할 수 없었고 이 글도 홀로 쓸 수 없었다. (……) 불특정 다수의 독자, '나'에게 그런 상정은 사치다. 글 속에서 그 몇몇의 타인과 대화하며 함께 문장을 겪어가려고 노력할 뿐이다. 그리고 글 안에서 그 몇몇의 타인과 충실히 관계를 맺는다면 그 부대낌의 증거가 글의 영혼으로 남아, 이 글이 이 글을 읽는 소수의 누군가와 소통할 수 있기를 바랄 뿐이다."

나는 몇 달이 흐른 후에야 『진주』의 초고를 그에게 보낼 수 있었다. 원고를 다 읽고 그는 내게 전화를 걸어왔다. 처음엔 누워서 수정을 제안하고 싶은 문장에 밑줄을 그으며 읽기 시작했는데, 조금 읽다보니 자세를 고쳐야 할 글임을 알았고, 결국 책상 앞에 앉아 끝까지 읽었노라고. 이 원고가 많은 사람에게 읽힐지는 모르겠지만 자신과 같은 누군가에겐 분명 소중한 책으로 가닿으리라고.

그는 이 이야기가 세상에 나와야 한다는 것을, 나보다도 믿는 한 사람이었다.

진심으로 말한다는 것은 그만큼의 강도로 누군가 듣고 있음을 믿음으로써 가능하다. 진심으로 듣는다는 것 역시 그와 같은 강도로 상대가 말하고 있음을 믿음으로써 가능하다. 화자는 청자를 향해 말함으로써, 청자는 화자를 향해 귀를 기울임으로써 서로의 존재를 나타나게 한다. 장場은 그렇게 생겨나며 그때 표현은 표현으로서 성립된다.

나는 힘주어 듣는 그의 존재로 인해, 그 보이지 않는 힘으로 인해, 이 이야기가 언젠가 누군가에겐 가닿을 것임을 처음으로 깨달았다.

*

2017년, 나는 「이방인」이란 시로 문학동네신인상을 받았다.

그해 겨울 시상식에서, 시가 쓰인 경위, 그리고 시에 다 담지 못한 이야기를 '진주'란 이름의 긴 글로 작성한 사연을 이야기했다.

"언젠가 친구와 함께 강릉으로 여행을 떠난 적이 있습니다. 전날, 저는 예전에 좋아하던 이를 만났습니다. 만나긴 했으나 감정은 이미 사그라든 지 오래였고, 우리 사이의 테이블이 아주 멀게 느껴졌던 기억이 납니다.

그날, 꿈을 꾸었습니다. 한 개의 테이블이 들판처럼 넓어지고, 들판처럼 넓어진 테이블 위로 캥거루 한 마리가 뛰어가는 꿈이었습니다. 다음날 동서울터미널로 가는 새벽, 어디서 그 테이블을 보았던 것인지 문득 떠올렸습니다.

저희 아버지는 민주화운동을 오래 하셨습니다. 열 살 무렵, 아버지를 특별면회하기 위해 진주라는 도시로 비행기를 타고 떠난 적이 있는데요. 터미널로 가면서 그 어린 시절, 비행기를 타러 가던 날 느꼈던 감각이 갑작스레 생생히 깨어난 것이지요. 그때 알았습니다. 아버지를 면회하면서 마주앉았던 면회소 테이블과 제가 전날 밤 과거의 연인과 마주앉았던 테이블이 상당히 비슷한 이미지라는 것을요.

그날 강릉의 숙소에 앉아 시를 쓰기 시작했습니다. 한참 지난 일인데도 생생히 기억이 납니다. 그런데 정작 그 시를 완성한 것은 아버지의 뒷모습을 떠올리면서였습니다. (……)

저는 이러한 과거 때문에 친구를 사귀기 어려웠고, 누구에게도 자신의 이야기를 하기 곤란한 처지에 있었습니다. 그래서 스스로를 늘 외톨이 전학생이라 여겨왔는데요. 그런데 면회가 끝난 뒤 혼자 남은 아버지가 느끼셨을 심정이 어떤 것인가 생각해보면, 그와 유사한 것이 아니었을까 싶어졌고, 그렇게 그 시를 완성하게 되었습니다.

시 한 편에, 오랜 시간과 감정을 다 담기는 쉽지 않았습니다. 그래서 『진주』라는 긴 글을 쓰게 되었습니다. 언젠가 책이 세상에 나와 이 자리의 여러분을 만날 수 있길 바랍니다.”

*

그렇게 원고가 책이 되기 전 만났던 또 한 명의 독자가 있다.

김호정. 그녀는 『발부리 아래의 돌』이란 책을 썼다. 수십 년 중고등학교 선생님으로 일하면서도 자신의 책에 담긴 이야기를 홀로 가슴에 품고 살아간 사람.

이 년 전, 시내의 한 서점에서 나는 우연히 그녀의 책을 발견했다. 처음에는 훑어보기만 할 생각이었다. 몇 페이지를 넘기자 그럴 수 없는 책이라는 걸 알게 되었다. 그날 책을 사서 집으로 돌아와 밤새 읽었다. 한 번에 읽기란 쉽지 않았다. 몇 장 읽다가 책장을 덮고 숨을 고른 뒤 다시 책장 열기를 거듭했다. 책은 잊지 못할 과거를 말하고 있었으나, 다 타버린 과거를 회고하는 시점이 아니라 여전히 불타오르는 현재 시점에서 쓰였다. 읽으면 작가가 온 몸으로 그 시간을 통과해 써낸 이야기라는 걸 느낄 수 있는 책이었다.

재일교포 간첩단 조작 사건. 글쓴이는 그 사건으로 열한 살 나이에 아버지를 잃었다 했다. 그러나 아버지가 돌아가신 뒤에도 십수 년간 죽음의 이유를 알지 못했다 했다. 70년대와 80년대에는 그렇게 억울하게 죽어간 이들이 많았다. 국가폭력에 의해 간첩으로, 빨갱이로, 폭도로 몰려 희생되고도 오랜 세월 복권되지 못한.

김호정은 진실과 화해를 위한 과거사정리위원회에 사건을 접수하고도, 직접 진실을 밝히기 위해 생존자와 가족, 그들의 지인을 찾아다니며 이야기를 듣고 공부해나갔다. 그녀가 책을 펴낸 이유는 그런 안타까운 일이 있었구나. 이제라도 진실이 밝혀져서 다행이다. 쉬운 위로의 말을 듣기 위해서가 아니었다. 과거가 과거로만 남는 것을 견딜 수 없었기 때문이었다. 그녀를 포함한 책 속의 많은 이들은 아직도 그 과거를 현재로 살아가고 있었다.

나는 이 책의 리뷰를 작성해 잡지에 투고했고, 내가 만들고 있는 라디오에 그녀를 초대해 이야기 듣는 자리를 마련했다. 그로부터 일 년 후, 나는 그녀에게 『진주』의 초고를 보냈다. 열흘쯤 지났을 무렵 아주 긴 편지가 내게 도착했다.

"이따금 보았습니다. 늦은 봄볕이 따가운 어느 광장에서 아빠의 어깨 위에 무등을 탄 작은 꼬마. 혹은 엄마가 펴놓은 돗자리 위에서 과자를 베어 물고 목을 축이다가 확성기에서 울리는 익숙한 노래를 듣고, 함께 주먹을 올리는 어린 투사. 당신도 어쩌면 그런 꼬마들 중 한 사람이었는지도 모르겠습니다.

그 꼬마들의 천진함에 미소 짓고 꼬마들의 미래를 생각하며 마음을 다잡던 '우리'들 중에, 당신보다 조금 일찍 어른이 되었던 저 또한 있었습니다.

꼬마가 어른이 되기까지 녹록지 않은 시간이 흘렀습니다. 그것은 꼬마의 아빠와 엄마에게는 긴 투쟁의 시간, 그 시간을 고독하게 반추하는 시간, 우리 안에서 우리의 밖으로 밀려난 간난과 비정과 속된 세계를 견디는 긴 세월이었습니다. 꼬마는 그 세계와 세월을 해석하기 위하여 간직해온 비밀과 품어온 외경과 짐스런 남루 속에서 조용히 앓고 싸우며 성장하였습니다. (……)

『진주』는 진주를 품듯 자기 언어를 각고해온 당신이 아버지에게 건네는 말이자 스스로를 세우는 글이라고 생각합니다.

민주화운동에 헌신하던 우리들의 시대 속에 아버지와 딸에게 교직된 고통을 당신은 비추어보았습니다. 많은 우리들이 떠나간 자리에서 혼자서 서고 함께 행진할 수 있는 삶은 어떻게 가능한지 당신은 되묻고 있습니다. '뒤돌아보지 않고 걸어온 아버지'의 길 너머, 당신은 그렇게 '뒤돌아보지 않는 이들'의 뒷모습을 응시합니다.

당신의 아버지는 끝까지 무엇이 되어버리지 않았으며, 머묾 없이 자신을 바쳤습니다.

당신은 간단없이 자신의 언어를 찾아가려 싸우고, 자신의 방식과 자신의 언어로 또다른 우리들과의 소통을 엮고 겯습니다.

진주의 안팎에서 다 보지 못한 것, 다 말하지 못한 일들에 대해 테이블을 마주하고 나직이 이야기를 나누는 아버지와 딸의 시간을, 그렇게 다시 페달을 밟으며 바람을 헤치고 나아가는 두 사람을, 뒤돌아봄 없이 길을 또 떠나는 이들을,

당신의 글을 덮으면서 그려봅니다."

*

『진주』가 실제 책이 되어가던 최근의 일이다.

한강 선생에게 전화가 왔다. 열흘 전쯤, 나는 긴 편지와 함께 이 원고를 그녀에게 우편으로 보냈었다.

선생은 대뜸 말했다.

이 책은 에세이보다 소설로 이름 붙이는 게 더 좋을 것 같아요. 에세이를 초과하는 것들이 들어 있어서요. 그래서 전화했어요.

읽기 힘들어서 아직 다 읽진 못했지만 원고의 힘을 믿어도 될 것 같다고, 이 이야기를 읽게 해줘서 고맙다는 말을 끝으로 그녀는 전화를 끊었다.

통화가 끝난 후 바깥을 한참 서성였던 것 같다. 버스를 타고 집으로 오는데 왜였는지 눈물이 났다. 뒤늦게나마 오래전 자신과의 약속을 지켰다는 생각, 이젠 정말로 책이 되어 나와도 될지 모른다는 생각에서였을까.

내가 걷는 길을 누군가 앞서 걸었다는 생각에 미치면 이상하게도 위로받는 마음이었고, 그 힘으로 견디며 조금씩 써나갈 수 있었다는 것을. 세월이 흐른 지금에 이르러 그 사람에게 말할 수 있었고, 다만 그뿐이었지만……

훗날 김호정은 내게 말했다. 나라는 먼 타자를 만났을 때, 비로소 자신의 이야기가 세상에 나왔다는 느낌을 받았다고.

왜였을까.

나 또한 그랬다. 이야기의 세계를 만들어, 기록되지 않는다면 사라질지 모를 기억이 머물 자리를 그 속에 마련하고자 했다. 그 세계가 고립된 방이 아닌, 누군가 들어올 수 있고 머물 수 있는 곳이길 바랐다. 기억이, 삶이, 이야기가 애초 타인과 더불어 시작되었듯이.

나에 대해 쓴다고 해서 나의 이야기가 되지는 않는다.

나의 이야기는 당신을 향해 쓰이고, 당신에게 가닿음으로써 비로소 나의 이야기가 된다. 이제 그것을 알 것 같다.

2019년 12월

장혜령

참고 문헌

『갇힌 자유인 열린 수인—구속 학생들의 옥중서간집』, 김춘옥 엮음, 공동체, 1986.

『감옥으로부터의 사색』, 신영복, 돌베개, 1998.

『궁정동 총소리』, 정병진, 한국일보, 1992.

『긴 터널 푸른 하늘』, 이재오, 형성사, 1991.

『김병곤 약전』, 현무환 편저, 푸른나무, 2010.

『나는 빠리의 택시 운전사』, 홍세화, 창작과비평사, 1995.

『나의 손발을 묶는다 해도』, 민주화실천가족운동협의회 엮음, 거름, 1987.

『디아스포라 기행—추방당한 자의 시선』, 서경식, 돌베개, 2006.

『보안사』, 김병진, 소나무, 1988.

『사형수 작곡 양심수 작사』, 민주화실천가족운동협의회 엮음, 힘, 1991.

『서승의 옥중 19년』, 서승, 역사비평사, 1999.

『서준식 옥중서한』, 서준식, 야간비행, 2002.

『10대 조직사건』, 문용식 외 정리, 아침, 1989.

『아침으로 가는 길』, 유시민, 학민사, 1986.

『야만시대의 기록 1~3』, 박원순, 역사비평사, 2006.

『영광입니다』, 김병곤 추모사업회 준비위원회 엮음, 거름, 1992.

『잃어버린 기억을 찾아서—광기의 시대를 생각함』, 문부식, 삼인, 2002.

『저 들에 푸르른 솔잎을 보라—나의 대학생활』, 이정훈 외, 거름, 1985.

『전태일 평전』, 조영래, 돌베개, 1983.

『조국이 버린 사람들—재일동포 유학생 간첩 사건의 기록』, 김효순, 서해문집, 2015.

3장 혼자 행진하는 사람

2013년 12월 31일 박근혜 대통령 퇴진을 요구하며 서울역 고가에서 분신한 이남종에 관한 기사와 영상, 자료들을 조합하고 상상하여 구성했다.

69쪽_「로마서」 개역개정판 12장.

77쪽_ 이남종의 유서 마지막 장 일부를 인용했다.

5장 당신 뒤에 딸도 받아쓰기를 했습니다

고문 및 취조 과정, 고문 후유증에 관해서는 국가보안법 연구자였던 박원순의 연구에서 도움을 받았으며 김근태, 김문수, 김병진, 유시민, 그 외 많은 고문 피해자들의 회고를 참조해 구성했다.

130쪽_ '피에 물든 수백 개의 눈' '시간이 가면 낫습니다'라는 표현은 김문수의 회고를 인용했다.

8장 기다림이라는 신앙

234~236쪽_「먼길 나서는 두 사람을 위하여」, 김사인.
이 시는 저자의 아버지에게 시인이 헌정한 것으로, 본문에 수록된 시는 결혼 선물이었던 족자에 담긴 판본을 인용했다. 여기에는 시집 『밤에 쓰는 편지』(청사, 1987) 판본에는 없는 한 행이 더 들어 있다.

242쪽_ '하느님 너는 개자식 개자식이야'라는 표현은 김근태의 회고를 변용했다.

도판 목록

1장 딸은 공집합을 이해할 수 없었습니다

26쪽_ 박정희 대통령 서거 당시 거리를 메운 흰옷 입은 여자들 사진, 경향신문 제공.

27쪽_ 박정희 대통령 서거 당시 시신 운구 사진, 경향신문 제공.

30~31쪽_ 1979년 유신 정권을 비판하는 내용을 담은 서울대학생회 성명서, 서울대학생회, 민주화운동기념사업회 제공.

32쪽_ 1974년 미국 대통령에게 한국의 정치적 상황을 전하는 영문 서한, 작자 미상, 민주화운동기념사업회 제공.

33쪽_ 1979년 11월 박정희 대통령 서거 당시 나온 성명서, 민주주의와 민족통일을 위한 국민연합, 민주화운동기념사업회 제공.

43쪽_ 'A mother's prayer(어머니의 기도)' 민가협 기도모임 자료를 영문 번역한 문건, 민주화실천가족운동협의회, 민주화운동기념사업회 제공.

6장 지상의 꿈은 혼들의 거처입니다

171쪽_ 긴급조치 9호 구금자 관련 영문 문건, 작성자 미상, 민주화운동기념사업회 제공.

196쪽_ 민중가요 악보 「감자꽃」, 『탁아소 어린이를 위한 기금마련 노래공연—새날을 열어갈 우리 아이들』, 권태응 글, 백창우 곡, 지역사회탁아소연합회.

197쪽_ 민중가요 악보 「어머니, 우리는 하나된 나라에서 살고 싶어요」, 『탁아소 어린이를 위한 기금마련 노래공연—새날을 열어갈 우리 아이들』, 백창우 글, 백창우 곡, 지역사회탁아소연합회.

그 밖의 이미지는 저자가 촬영하거나 소장한 것이다.

진주

1판 1쇄 2019년 12월 27일
1판 3쇄 2020년 3월 25일

지은이 장혜령
펴낸이 염현숙
책임편집 강윤정 | **편집** 김봉곤 김영수 홍유진 | **모니터링** 이희연
디자인 강혜림 | **마케팅** 정민호 박보람 우상욱 안남영
홍보 김희숙 김상만 오혜림 지문희 우상희 김현지
제작 강신은 김동욱 임현식
제작처 한영문화사(인쇄) 경일제책사(제본)

펴낸곳 (주)문학동네
출판등록 1993년 10월 22일 제406-2003-000045호
주소 10881 경기도 파주시 회동길 210
전자우편 editor@munhak.com | **대표전화** 031) 955-8888 | **팩스** 031) 955-8855
문의전화 031)955-3576(마케팅) 031)955-2678(편집)
문학동네카페 http://cafe.naver.com/mhdn
북클럽문학동네 http://bookclubmunhak.com

ISBN 978-89-546-6021-1 03810

* 이 도서의 국립중앙도서관 출판예정도서목록(CIP)은 서지정보유통지원시스템 홈페이지 (http://seoji.nl.go.kr)와 국가자료공동목록시스템(http://www.nl.go.kr/kolisnet)에서 이용하실 수 있습니다.(CIP 제어번호: CIP2019051252)

www.munhak.com